IL CASO DEL DIVORZIO ASSASSINO

I GIALLI DI JAMIE QUINN LIBRO 2

BARBARA VENKATARAMAN

Traduzione di
MONICA PAGLIARO

RINGRAZIAMENTI

Per tutto il loro sostegno, i consigli e l'entusiasmo, voglio ringraziare tutte le mie lettrici: Janet, Jaya, Jodi, Joette, Leslie, Linda, Myra e Nanette.

CAPITOLO 1

"Con tutto il rispetto, Vostro Onore..." Interruppi, cercando disperatamente di tenere la mia cliente fuori di prigione. Sapevo che era meglio non discutere con un giudice, ma dovevo comunque provarci.

"Avvocato", disse il giudice Marcus, chiaramente irritato. "Sappiamo tutti cosa significa 'con tutto il dovuto rispetto': significa che lei pensa che io abbia torto marcio. Ho preso la mia decisione, signorina Quinn, *questa udienza è finita*".

Detto questo, il giudice si alzò ed uscì dall'aula, con la toga nera che sventolava al suo passaggio. Aveva messo in chiaro che avevo finito di parlare... almeno con lui.

Dio, odio essere un avvocato, pensai, non per la prima volta. La mia cliente, Becca Solomon, era seduta accanto a me e sembrava preoccupata e confusa. Non aveva idea di cosa fosse appena successo, ma sapeva che era una cosa brutta.

Girai la sedia in modo da poterla affrontare. "Mi dispiace, Becca, il giudice ha negato la nostra mozione. *Questo significa che devi lasciare che Joe prenda i bambini venerdì. Se ti rifiuti, il* giudice ti accuserà di oltraggio alla corte e potresti finire in prigione. Non è contento di te... e io gli piaccio ancora meno".

La mia cliente si coprì il viso con le mani e cominciò a piangere, con le spalle tremanti, la testa bassa, cercando di chiudere fuori un mondo che, nella sua mente, si rifiutava di proteggere i suoi figli. Presi un fazzoletto dalla mia borsa e glielo offrii. Gli avvocati divorzisti hanno sempre dei fazzoletti a portata di mano - è uno strumento del mestiere che non si impara all'università. Non si impara nemmeno quanto sia straziante praticare il diritto di famiglia.

Dopo aver fatto un respiro profondo, Becca riprese il controllo. Si guardò intorno per assicurarsi che Joe e il suo avvocato se ne fossero andati. Dal suo arrivo in tribunale, il suo aspetto era cambiato drasticamente, passando da studentessa ben vestita a fuggitiva dagli occhi selvaggi e spettinati pronta a scappare.

Avevo già visto quello sguardo tormentato. Il mio nome è Jamie Quinn e dopo dieci anni di pratica legale, ho visto di tutto. Non si crederebbe mai che una città noiosa come Hollywood, in Florida, possa avere tanti drammi, ma è così. Il giudice che mi ha fatto giurare mi aveva avvertito, dicendo: "Non crederai mai a quello che succede tra quattro mura", e aveva ragione; è incredibile. *Prendete* la mia cliente, Carol (*vi prego, prendetela; mi rendereste così felice*). Lei e suo marito sono benestanti, hanno successo nelle loro rispettive carriere, e si vestono come se stessero posando per una rivista di moda, eppure litigano di fronte ai loro figli e si versano addosso brocche di succhi di frutta. Poi c'è la coppia vendicativa -non ricordo i loro nomi - che a turno vive nella casa coniugale, aumentando i danni ogni volta che si scambiano, solo per far incazzare l'altro. È cominciata con il marito che ha tolto tutte le lampadine e gli infissi, ed è finita con la moglie che ha tolto tutti i lavandini e i gabinetti. Ho pensato che avrebbero finito per uccidersi a vicenda, come Kathleen Turner e Michael Douglas ne 'La guerra dei Roses', ma mi sbagliavo. Si sono risposati.

Riportai la mia attenzione su Becca Solomon, che stava avendo un crollo. Ricordo la prima volta che è entrata nel mio ufficio. Pensai che sembrava una modella: bionda scandinava con grandi occhi azzurri e una spruzzata di lentiggini sul naso che la facevano sembrare più giovane di venticinque anni. Era istruita e posata ed era una testimone convincente. Almeno questo è quello che pensai. A quanto pareva, il giudice Marcus non era d'accordo.

La storia di Becca non era affatto insolita - aveva incontrato un nuovo ragazzo e voleva terminare il suo matrimonio. Il suo errore era stato presumere che sarebbe stato facile. Divorziare non è come cambiare banca o licenziare il ragazzo della piscina, è molto più complicato, specialmente quando hai dei figli. E mentre il nuovo amore è meraviglioso e romantico, la vita reale non lo è. Alla fine, qualcuno deve pagare le bollette, alzarsi con il bambino e portare fuori la spazzatura. Non voglio dire che una persona non dovrebbe mai ricominciare, sto solo dicendo che 'nuovo' non significa sempre 'migliore'. Tutti quelli che incontri hanno un bagaglio emotivo, anche io. Onestamente, se avessi un altro bagaglio, potrei fondare la mia compagnia aerea.

Ma, tornando a Becca, tutto quello che voleva era un divorzio e la custodia primaria delle sue due giovani figlie, e, naturalmente, il mantenimento. Inoltre, gli alimenti e le spese legali e metà dei beni coniugali. E un'ultima cosa - voleva continuare a vivere nella sua casa sontuosa con le bambine, oltre a portarci il suo ragazzo, Charlie Santoro. Se solo suo marito, Joe, non le causasse così tanti problemi. So che questo la fa sembrare egoista e terribile, ma, ad essere onesti, la Florida è uno stato senza colpa, il che significa che se vuoi il divorzio, lo ottieni, e cose come l'infedeltà non contano affatto. I tribunali trattano il matrimonio più come una partnership finanziaria. Lo spreco di beni è sempre considerato rilevante, ma il tuo stato emotivo non così tanto.

Dire che Joe era arrabbiato è come dire che l'uragano Katrina era solo un po' di maltempo. E non ha aiutato il fatto che il nuovo amore di Becca, Charlie, era amico di Joe. Dicono che gli avvocati penalisti vedono le persone cattive nel loro comportamento migliore e gli avvocati divorzisti vedono le persone buone nel loro peggio, ed è vero. Joe sembrava un tipo abbastanza decente, ma passava molto tempo a cercare di punire Becca. La sua minaccia preferita era che le avrebbe portato via i bambini.

Becca si era finalmente calmata quando l'ufficiale giudiziario, Harold, iniziò a indicare il suo orologio.

"Mi dispiace cacciarti, Jamie, ma abbiamo un'altra udienza in arrivo".

"Sono stata cacciata da posti migliori di questo", scherzai, mentre preparavo la mia valigetta.

Harold si mise a ridere e anche Becca sorrise un po'. Ci eravamo alzati e girati per andarcene proprio quando Joe rientrò nell'aulacon aria compiaciuta".

"Faresti meglio ad abituarti, Becca", disse, con un ghigno che distorceva il suo viso da ragazzo. "Perché quando il giudice ti scoprirà, mi darà la custodia."

Becca lo fissò, fredda come il ghiaccio. "Se provi a portare via i miei figli, giuro su Dio, Joe, ti uccido".

CAPITOLO 2

"Devo chiamare la sicurezza?" chiese l'ufficiale giudiziario, agitando il dito verso Becca e Joe. Harold doveva avere almeno settantacinque anni, ma era un poliziotto in pensione e non avrebbe tollerato nessuna sciocchezza da quei due. Aveva un'aula di tribunale da gestire.

Sussurrai a Becca di non mettersi a litigare con Joe, poi la presi per un braccio e la tirai verso la porta. Il divorzio può essere così sgradevole. Spesso mi chiedo perché ho frequentato la scuola di legge solo per finire a fare la babysitter esaltata. In realtà ho preso una pausa dall'avvocatura circa due anni fa, quando mia madre è morta di cancro. Ero così distrutta che anche dopo sei mesi di inattività non riuscivo a riprendermi. C'è voluto che mio cugino autistico, Adam, venisse accusato di omicidio per tirarmene fuori. Non solo ho finalmente lasciato la mia casa, ma ho anche lasciato la mia zona di comfort, il che è stato piuttosto terrificante. Esaltante, ma terrificante. A dire la verità, non vedevo l'ora di farlo di nuovo.

Mentre spingevo Becca verso gli ascensori centrali nel mezzo del palazzo di giustizia, ero consapevole di che strana coppia fossimo, lei con la sua bellezza nordica, almeno 1 metro e 90 senza tacchi, e io, 1 metro e 90 se stavo dritta, con la pelle olivastra di origine sconosciuta, e capelli ricci scuri che si rifiutavano di collaborare. Nell'ascensore, consigliai a Becca di non lasciare che Joe le desse fastidio; che stava cercando di farla arrabbiare e che lei gli stava dando quello che voleva.

"Ma, Jamie", disse lei, con gli occhi pieni di lacrime, "stiamo parlando delle mie ragazze! Se non le proteggo io, chi lo farà?".

"Capisco che tu sia preoccupata, ma andrà tutto bene. Le ragazze hanno tutto il diritto di avere il padre nella loro vita. Se fa un passo falso, il giudice ci andrà giù pesante con lui. Stai tenendo nota di tutto quello che succede, come ti ho detto?".

Lei annuì in silenzio. L'ascensore aveva raggiunto l'atrio e la gente stava cercando di spingersi dentro prima che noi potessimo uscire. Bello!

Diedi una rassicurante pacca sul braccio a Becca. "Ora devo fermarmi all'ufficio del cancelliere, ok? Parleremo presto. Riesci a trovare la strada per tornare alla tua auto?"

Becca annuì di nuovo. Il suo viso pallido sembrava ultraterreno sotto le luci fluorescenti. Mentre si allontanava, ignara del ronzio della folla intorno a lei, ebbi improvvisamente un brutto presentimento su di lei, ma me lo scrollai di dosso.

Smettila, Jamie! La prossima cosa che farai sarà comprare i tarocchi e una tavola Ouija...

Arrancai fino all'ufficio del cancelliere per discutere di alcuni documenti smarriti.

CAPITOLO 3

È STATO STRANO TORNARE NEL MIO UFFICIO DOPO AVER preso così tanto tempo libero. Quando ero in pausa, non ero mai sicura di quale giorno fosse, ma non importava comunque, dato che non avevo un posto dove andare. La verità è che difficilmente lasciavo casa - la casa che mia madre mi ha lasciato - a meno che non fosse necessario, ma ora era bello avere una ragione per alzarsi ogni mattina e persone che avevano bisogno di me - anche se mi mancava avere un calendario aperto. C'erano così tante possibilità in quegli spazi bianchi. Non che ne abbia mai approfittato.

Non fraintendetemi, ero piuttosto stressata quando ho dovuto affrontare la morte di mia madre, ma era un tipo diverso di stress. Allora, ero completamente assorbita dal mio dolore; ora, ero stressata perché tutti volevano un pezzo di me. Parlando di stress, permettetemi di presentarvi Lisa. È la receptionist del nostro ufficio condiviso e una nuova leva, assunta mentre ero via. È anche un bel casino. Lisa è molto dolce, ma non è la lampadina più luminosa del lampadario. Questo non mi preoccupa tanto quanto la sua tendenza a piangere appena qualcosa va storto.

Piange anche se pensa che qualcosa *potrebbe* andare male. E a volte piange quando parla al telefono con il suo fidanzato. Ho solo una certa quantità di pazienza, che devo riservare ai miei clienti. Non ce n'è abbastanza per coprire anche Lisa.

Si potrebbe pensare che il mio contatto con lei sia limitato, dato che tutto ciò che fa per me è prendere i messaggi telefonici e passarmi la posta - non deve nemmeno aprirla. In qualche modo, però, sono comunque soggetta alle sue lacrime almeno una volta al giorno. Prima che pensiate che la povera ragazza deve essere depressa, vi dirò che l'ho considerato, ma lei non *si comporta da* depressa; sembra stare bene. Lisa mi ha lasciato perplessa fino a quando ho letto un articolo sugli adulti che continuano a usare meccanismi di difesa dell'infanzia per affrontare i loro problemi. Ah, questo spiega tutto! Ora, se solo potessi trovare un articolo su come farla smettere di piangere.

Tornai alla mia scrivania dopo la dura mattinata con Becca. Odiavo perdere in tribunale, ogni avvocato lo fa, ma io la prendo a cuore. Si potrebbe dire che ne sono ossessionata, il che non aiuta affatto la mia insonnia cronica. Suppongo di aver bisogno di *qualcosa* a cui pensare quando mi alzo alle tre del mattino, ma quelle non sono certo ore fatturabili.

Ci fu una bussata alla porta del mio ufficio seguita da una risatina.

"Avanti."

"C'è qualcuno che vuole vederla, Jamie".

Lisa sembrava più felice di quanto l'avessi mai vista, gli occhi luminosi, un rossore che evidenziava le sue guance rotonde. Anche i suoi capelli sembravano più vivaci. Si guardò alle spalle e ridacchiò di nuovo.

"Ha detto che si chiama *Marmaduke!*"

"Esatto, tesoro, Marmaduke Broussard terzo, al tuo servizio. "Duke fece un sorriso a Lisa, poi entrò e si sedette.

"Jamie, perché non mi hai detto che avevi una receptionist così sexy? Sarei venuto prima", disse Duke.

Lisa fu sopraffatta da una serie di risatine e arrossì.

Risi. "Non si molesta il personale, Duke. Inoltre, Lisa è impegnata, sta per sposarsi. "

"Eccellente!" Disse Duke. "Ma se cambi idea, cara, fammelo sapere". Le fece l'occhiolino salacemente.

La salutai e Lisa chiuse la porta con riluttanza.

"Mi stupisce che tu non venga picchiato quotidianamente da fidanzati gelosi", dissi sorridendo al mio ex cliente, ora amico. Avevo salvato Duke dalla sua ex moglie arrabbiata e lui mi aveva aiutato alla grande quando mio cugino Adam era nei guai.

"Finché riesco a correre più veloce di loro, starò bene", scherzò.

Duke ci sapeva fare con le donne, ed è per questo che si era sposato tre volte. Aveva un bell'aspetto per uno che passava tutto il suo tempo libero a bere in un bar chiamato "Il Facilone". Immaginatevi un pirata, intorno ai trentacinque anni, capelli castani lunghi fino alle spalle, denti perfetti e occhi verdi e ridenti. Portava sempre una collana di denti di squalo e i suoi stivali di alligatore preferiti. Probabilmente l'avete visto. Come investigatore privato, va molto in giro.

Spinsi da parte la pila di documenti sulla mia scrivania in modo che potessimo vederci. Inoltre, con i file fuori dalla vista, non dovevo sentirmi in colpa per il lavoro che non stavo facendo.

"Hai qualche notizia per me, Duke? O sei venuto solo per flirtare con la nostra receptionist?" Lo presi in giro.

"Ahi, Jamie! Sai che vengo qui per vederti. In realtà, speravo che mi offrissi il pranzo, sto morendo di fame".

"Certo, mi piacerebbe uscire da qui. Ti piace il tailandese?

C'è un posto nuovo a pochi isolati da qui". Dissi prendendo la borsa.

"Sembra fantastico", disse, spingendo indietro la sedia per alzarsi. "E mentre siamo lì, posso raccontarti del mio brillante lavoro da detective".

"Non dirmi che sai dov'è mio padre!" Non riuscivo a trattenere l'eccitazione nella mia voce.

"Offrimi il pranzo e lo scoprirai".

CAPITOLO 4

"Perché sei così cattivo?"

Stavamo andando a *Try My Thai* nella mia Mini Cooper e Duke non voleva rispondere a nessuna delle mie domande.

"Perché sei così impaziente? " controbatté. "Saremo lì tra circa dieci secondi. Cavolo, spero che abbiano i 'Jumping Shrimp' e spero che quei gamberi mi saltino direttamente in bocca! Ti vedo ridere, pensi che io sia divertente".

"L'importante è che ti diverta tu", gli dissi, parcheggiando la macchina. "Andiamo, signor Spassoso".

Il cibo arrivò poco dopo averlo ordinato e ci avventammo come due affamati. "Inizia a parlare, Duke", ho detto. "O *mi* offrirai tu il pranzo".

Duke inspirò profondamente. "Questa roba ha un buon odore e un buon sapore, ed è anche dannatamente piccante! Ottima scelta". Mi fece un sorrisetto malizioso tra un boccone e l'altro.

Capii che aveva intenzione di tirarla per le lunghe.

"Hai notato l'arredamento?". Gli chiesi. "Come tutti i quadri sul muro sono fatti con cravatte di seta... non è divertente?"

"Certo che sì. Hai intenzione di mangiarlo quell'involtino primavera?".

Scossi la testa e glielo consegnai. "Qual è la tua cravatta preferita, Duke?"

Si guardò intorno: "Non so, forse quella arancione, sembra un brutto trip da acido", disse ridendo. "Perché me lo chiedi?"

"Perché questa è la cravatta con cui ti strangolerò se non mi dici presto qualcosa."

Duke iniziò a ridere così forte che pensai che stesse per soffocare col cibo. "Dovresti vedere la tua faccia, Jamie, no...aspetta, ci siamo..."

Prima di capire cosa stesse facendo, Duke mi scattò una foto col telefono. Me la mostrò e anch'io iniziai a ridere. Giocherellò con il telefono per un minuto e poi disse: "Ecco... ora ogni volta che mi chiami, apparirà quella foto. Non vedo l'ora!"

Mi asciugai gli occhi; ridere e i cibi piccanti mi danno sempre fastidio. "Ascolta amico, se cominci a soffocare di nuovo, non ti salvo".

"Allora non saprai mai cosa stavo per dirti. "

"Vero", disse, finendo con calma il mio Panang Vegetale.

"Ok", disse, "è stato divertente, ma ho finito di torturarti. Prima di tutto, devo dire che non mi hai dato molto per cominciare. Voglio dire, hai detto che tuo padre si chiamava Bill Frank, e non è nemmeno il suo vero nome".

"Cosa?"

"Aspetta, Jamie, ci sto arrivando. Ho iniziato con le cose facili. Non è registrato nelle liste elettorali di nessuno stato, non ha la patente di guida in Florida, e non c'è nemmeno la licenza di matrimonio, visto che i tuoi genitori non erano sposati."

"Allora, cosa hai fatto?" Pendevo dalle labbra di Duke e lui lo sapeva.

"Mi sono ricordato che hai detto che tua madre l'ha

incontrato a una protesta politica a Miami, e che sono stati arrestati entrambi. Mi ci è voluto molto tempo per capirlo, ma alla fine ho trovato un riscontro con un verbale di arresto. Il vero nome di tuo padre è *Guillermo Franco* e non è nemmeno un cittadino americano, è cubano".

"Wow, Duke! Sei incredibile! Dove si trova ora? Cosa sta facendo? Dove è stato tutto questo tempo? Oh mio Dio, non so nemmeno da dove iniziare ..." Stavo piangendo di nuovo, questa volta per davvero.

Duke scuoteva la testa in modo affranto, agitato dalle mie lacrime. "Mi dispiace, cara, non so ancora niente di tutto questo. Ci sto ancora lavorando. Ma ho qualcosa da mostrarti". Si mise la mano in tasca, tirò fuori un pezzo di carta e me lo porse.

Mentre lo dispiegavo, mi resi conto di cosa fosse. Un uomo dai capelli neri ondulati e dalla pelle olivastra posava per la macchina fotografica. Ebbi una strana sensazione, come se stessi guardando nei miei stessi occhi. Finalmente avevo una foto di mio padre.

CAPITOLO 5

Era surreale avere in mano una foto di mio padre dopo aver passato così tanti anni a immaginarlo. Sembrerà stupido ma, quando ero piccola, lo cercavo ovunque: nella folla, in TV, a scuola. Poteva essere chiunque, e stava a me trovarlo. Era un gioco che facevo: se l'avessi riconosciuto, sarebbe rimasto. Naturalmente, non l'ho mai trovato, e questo mi faceva sentire in qualche modo incompleta, incompiuta, come un puzzle con pezzi mancanti. Nessuno poteva capire come mi sentivo, nemmeno i miei amici i cui genitori erano divorziati, perché loro almeno avevano due genitori. Ora il gioco era finito e si scopriva che mio padre era la stessa persona che era sempre stato, un tipo normale che non voleva essere mio padre. Voglio dire, perché non aveva fatto uno sforzo per *trovarmi* negli ultimi trentatré anni? Non è che mi stessi nascondendo, vivevo a Hollywood dal giorno della mia nascita.

"Non hai intenzione di dire qualcosa?" chiese Duke. "Non posso credere a quello che sto vedendo... Jamie l'avvocato è senza parole!"

Non potei farne a meno; scoppiai in lacrime e scappai in

bagno, lasciando Duke al tavolo con la bocca aperta. Mentre mi trovavo sul lavandino a piangere a dirotto, una parte di me era ancora abbastanza razionale da chiedersi cosa avessi sperato di ottenere cercando mio padre. Avevo finto che fosse semplicemente un mistero da risolvere, un modo per soddisfare la mia curiosità di sempre, ma non era vero. Avevo cercato perché avevo bisogno di sapere chi ero e da dove venivo. Il problema era con quella bambina. Stava ancora giocando, stava ancora cercando di trovare suo padre, anche se alla fine le aveva spezzato il cuore.

"Tutto bene lì dentro? "Duke era in piedi fuori dalla porta del bagno. Povero ragazzo, aveva fatto così tanto per me e io ero completamente impazzita.

"Scusa se ti ho sconvolta", continuò. "Sai, essere mezza cubana non è così male - penso che le ragazze cubane siano sexy!"

Questo mi fece ridere. Lasciai che Duke capisse ciò che voleva. Conosceva solo un modo di vedere le cose, questo era sicuro. Mi lavai la faccia e mi soffiai il naso prima di aprire la porta.

"Ho dimenticato di dirti che il cibo piccante mi fa piangere", dissi, cercando di mantenere una faccia seria.

"Beh, mi sembra un'informazione piuttosto importante, Jamie. Se è così che sarà, allora, dannazione, la prossima volta sceglierò io il ristorante". Duke mi fece un occhiolino. Forse non aveva sbagliato, dopo tutto.

Era stata una giornata molto movimentata, ed era finita solo a metà. Pagai il conto e tornammo nel mio ufficio.

CAPITOLO 6

Passai il pomeriggio alla mia scrivania a rispondere alle chiamate e a scrivere appunti, ma la mia mente era altrove, preoccupata dall'enigma di mio padre. Duke si offrì di continuare a scavare in giro, ma gli chiesi di aspettare per un po'. Dopo il mio imbarazzante crollo a pranzo, forse non ero pronta a sentirlo. O forse la cosa migliore da fare era andare fino in fondo e risolvere questo problema assillante per sempre. Non riuscivo più a pensare chiaramente. Ho passato così tanto tempo a dare consigli ai miei clienti e ad aiutarli a prendere decisioni che ero troppo esausta per occuparmi delle mie cose. Quello di cui avevo bisogno era un po' di prospettiva, un po' di distanza e forse un po' di psicoanalisi, ma, soprattutto, avevo bisogno di una bella risata. Ciò di cui avevo bisogno era la mia amica Grace. Il modo migliore per chiacchierare con Grace durante il giorno era un messaggio. Lavorava a Fort Lauderdale per una grande società di intermediazione che la teneva occupata, ma di solito poteva rispondere a un messaggio.

-*Hola Amiga! Indovina cosa ho scoperto oggi? A proposito, ti ho appena dato un indizio...*

-Hmmm... ti piace mangiare da Chipotle? Muori dalla voglia di un Frozen Margarita?

-Neanche per sogno, Grace...

-Dammi un altro indizio.

-Sto pensando di prendere lezioni di salsa e merengue perché è nel mio "sangue".

-Stai facendo un'audizione per "Ballando con le stelle"? Ho capito: sei un vampiro cubano!

-Hai ragione a metà...

-Sei un vampiro? Wow, Jamie!

-Questo non e' "Twilight", Grace. No, ho scoperto che mio padre è cubano.

-Stai scherzando! Un cubano di nome Bill Frank?

-Alias Guillermo Franco

-Fantastico! Cos'altro hai scoperto?

-Nada. Non sono sicura di volerne sapere di più.

-Non essere sciocca! Certo che vuoi! Non c'è qualcuno a cui tua madre era legata in passato?

-Come faccio a saperlo? Non ero ancora nata. Lol

-Pensa, James! Persino io riesco a pensare a qualcuno...

-Non ne ho proprio idea.

-E sua sorella? Sai, tua zia Peg?

-Peg non ha mai parlato di mio padre.

-Scommetto che non gliel'hai mai chiesto.

-No, mai fatto.

-Fallo! Poi possiamo uscire a mangiare cubano e celebrare le tue radici.

-Va bene, credo...

-Hasta la vista baby

-Sì, sì.

Non poteva far male parlare con Peg; le dovevo comunque una telefonata. Dopo la morte di mia madre, un anno fa, non ci siamo viste molto perché entrambe stavamo soffrendo a modo nostro. Ma quando suo figlio, Adam, è stato accusato di omicidio, la cosa ci ha riavvicinate abbastanza velocemente. Ora, cercavo di cenare con loro almeno una volta al mese, così potevamo aggiornarci.

Decisi di fare le valigie presto e tornare a casa. Era stata una giornata dura e sentivo il mal di testa spuntarmi dietro agli occhi. Presi due aspirine e feci una chiamata veloce a mia zia dal cellulare. Di solito riuscivo a camminare e parlare senza inciampare. Dopo aver chiacchierato su come Adam stava andando al Broward College e su quanto zia Peg amasse la sua nuova classe di bambini di seconda elementare, mi chiese che novità avessi. Mi fece riprendere fiato, quanto assomigliasse a mia madre. Avevo paura di ricominciare a piangere, ma mi trattenni.

"Va tutto bene?" chiese lei, preoccupata.

"Sto bene, non preoccuparti. Posso chiederti una cosa, zia Peg?"

"Certo, Jamie".

"Be', mi chiedevo... sai qualcosa di mio padre?"

Ci fu un lungo momento di silenzio, così lungo che pensai di aver perso la linea.

"Sì", rispose finalmente, "e ho qualcosa per te già da un bel po'".

"Ora sono curiosa, cos'è?"

"Se vieni da me, ti faccio vedere".

CAPITOLO 7

NON RICORDO DI AVER GUIDATO FINO A CASA DI MIA ZIA. Per quanto ne so, la macchina ci andò da sola. Durante il tragitto, continuavo a chiedermi perché non avessi mai chiesto alla zia Peg di mio padre, considerando che lei e mia madre erano così vicine. Mia madre era sempre stata protettiva nei confronti della sorella minore, specialmente più tardi, quando il divorzio di Peg l'aveva lasciata completamente devastata e sola a prendersi cura di un figlio autistico. Sono sicura che anche Peg ha aiutato mia madre in alcuni momenti difficili, ma ero troppo giovane per ricordarlo. Suppongo che quando conosci qualcuno per tutta la vita, non ti viene mai in mente di fargli domande sul suo passato. Sarebbe strano, come se li stessi intervistando per una rivista, o come se fossi solo un ficcanaso. Per lo più, si presume di sapere già tutto di loro. Ma, come sto imparando, tutti hanno i loro segreti.

Zia Peg mi accolse sulla porta con un abbraccio e mi invitò nel suo accogliente salotto dove ci sedemmo insieme sul divano imbottito.

"Jamie, ho fatto una promessa a tua madre e l'ho mantenuta,

anche se è stato difficile. Lei voleva che tu sapessi chi è tuo padre, ma non prima che tu fossi pronta".

"Questo è ridicolo! Quindi non mi avresti mai detto nulla se non te lo avessi chiesto?".

Abbassò lo sguardo sulle sue mani appoggiate in grembo e non disse nulla.

Saltai in piedi e iniziai a camminare. "Cosa sono, una bambina? Ho trentatré anni, zia Peg! Penso di poter gestire qualsiasi cosa. Qual è la storia? È un trafficante di droga? Un criminale di guerra? Voglio dire... che diamine?".

Mi sedetti di nuovo. "Mi dispiace, non è colpa tua e non dovrei prendermela con te".

Mia zia mi fece un piccolo sorriso. "Va tutto bene, Jamie. Avrei fatto lo stesso, o peggio. Ma sono felice di poterti finalmente dare questa. È una lettera di tua madre".

Non me l'aspettavo. Era stato già abbastanza difficile ascoltare la voce di mia madre sulla segreteria telefonica dopo la sua morte; come avrei potuto leggere una sua lettera? L'aprii con cura e mi costrinsi a leggere lentamente, combattendo l'impulso di correre e divorare ogni parola. Vedere la sua bella calligrafia mi straziava quasi quanto le sue parole.

8 maggio 2012

Mia carissimo Jamie,

Mi sembra così strano scriverti una lettera quando sei proprio qui, a dormire nella stanza accanto. Ho appena realizzato che non ti ho mai scritto prima e mi dispiace che questa sarà la mia prima e ultima lettera per te; è come un film sdolcinato sul canale Lifetime.

Siamo sempre state capaci di parlarci di tutto, con una

sola eccezione, ed è colpa mia. Jamie, non so dirti quanto mi dispiace di non averti mai parlato di tuo padre. Non riesco ancora a convincermi a farlo di persona, anche ora che il tempo sta per scadere. E' egoista da parte mia, lo so, ma non ho mai voluto ferirti, e ancora non lo voglio.

Quando eri piccola, mi chiedevi continuamente di tuo padre. Era doloroso per me doverti mentire. Alla fine hai smesso di chiedere, e anche questo mi ha causato dolore, ma per una ragione diversa. Ho sempre pianificato di parlarti di lui, ma non sembrava mai il momento giusto. Sono sicura che la tua mente sta correndo ora, immaginando ogni genere di cose, quindi lascia che ti metta a tuo agio, tuo padre è un brav'uomo e mi dispiace ogni giorno che non possa far parte della tua vita.

Si chiama Guillermo Franco, ma si faceva chiamare Bill Frank. Ci siamo incontrati nel 1978 ad una manifestazione politica a Miami alla quale la mia amica Carmen mi convinse ad andare. Carmen è cubana e aveva ancora una famiglia laggiù. Era molto appassionata alla loro causa. Le cose andavano male per i cubani, sia in patria che negli Stati Uniti, dove erano fuggiti per rifugiarsi dal regime di Castro. Era l'anno in cui gli esuli cubani a New York bombardarono la missione cubana alle Nazioni Unite. Era un periodo di tensione.

Nel momento in cui sono arrivato al raduno, volevo andarmene. Era un caos totale e il fatto che non sapessi parlare spagnolo non aiutava. Quando persi Carmen tra la folla, andai nel panico. Venivo urtata e spintonata da ogni direzione, finché qualcuno è intervenuto e ha iniziato a spingere le persone lontano da me. Mi girai e mi trovai a guardare gli occhi più gentili che avessi mai visto. Aveva solo vent'anni, come me, ma sembrava così sicuro di sé. Mi disse di stargli vicino, che mi avrebbe tenuto al sicuro, e io gli credetti. Bill era un estraneo, ma mi fidai subito di lui. Anche quando arrivò la polizia e fummo arrestati, lui continuò a guardarmi le spalle.

Dopo che fummo rilasciati il giorno dopo, Bill ed io cominciammo a passare molto tempo insieme. La nostra relazione era ancora più intensa a causa degli sconvolgimenti politici e del coinvolgimento di Bill nella causa cubana. Siamo stati insieme per un anno ed eravamo incredibilmente felici, ma poi, l'11 giugno 1979, tutto crollò. Alcuni cubani cercarono di entrare con la forza nell'ambasciata venezuelana e la polizia aprì il fuoco. Una persona fu ferita e gli altri furono arrestati, compreso Bill. Lo deportarono e non lo vidi più. Un mese dopo ho scoperto di essere incinta di te.

Per tutti questi anni ho continuato a sperare di avere sue notizie, ma non le ho mai avute. Posso solo supporre che sia morto o in prigione. Quindi, vedi, non è una bella storia da raccontare a una bambina sul suo papà. Non riuscivo nemmeno a inventare un lieto fine, così l'ho tenuta per me.

Bill era (è?) una persona meravigliosa e lo avresti amato, come lui avrebbe amato te. So che hai sempre desiderato avere un padre e mi dispiace non averti potuto dare il tuo. Vedo molto di lui in te: la sua gentilezza, il suo senso dell'umorismo e la sua capacità di relazionarsi con

tutti i tipi di persone. E gli piaceva leggere la
fantascienza, proprio come a te.

Spero che tu possa perdonarmi, Jamie. Avrei voluto che
le cose fossero state diverse, ma è così che va. Sei la
persona più importante della mia vita e sono così grata
di averti come figlia. Penso che tu lo sappia già.

Tutto il mio amore,
Mamma

CAPITOLO 8

Lessi la lettera due volte, cercando di far aderire le parole al mio cervello, ma continuavano a spezzarsi. Non riuscivo ad abituarmi ai concetti. Cose come *prigione, morte, nessun lieto fine...* non potevano essere vere, non volevo che lo fossero. Per tutta la vita avevo cercato un uomo che non c'era, che non sapeva nemmeno che io esistessi.

"Sei così pallida, Jamie. Stai bene?" chiese mia zia. "So che è molto..."

"Mi dispiace", dissi, "devo andare".

Mi prese la mano e la strinse. "Perché non rimani a cena? Adam sarà presto a casa con i cani. So che gli piacerebbe vederti".

Scossi la testa. "Non posso, zia Peg. Ho bisogno di stare da sola adesso".

Durante il breve tragitto verso la mia casa di Polk Street, cercai di schiarirmi le idee e di non pensare a nulla. Poiché non funzionò, feci l'unico esercizio di meditazione che conoscevo, concentrandomi sul mio respiro e ripetendo: "Inspiro ed espiro". Prima che me ne accorgessi, ero a casa. Essere a casa di solito mi fa sentire meglio, ma quando aprii la porta, lui era lì, Mr. Zampe. Oltre ad aver ereditato la casa di mia madre, avevo ereditato anche il suo gatto, un gatto che faceva di tutto per farmi sentire sgradita. Quando andavo a trovare mia madre, lui mi sibilava e io gli rispondevo con un fischio. Mia madre si limitava a ridere e a dire: "Non potete andare d'accordo voi due?".

Ora che ero io a dargli da mangiare, aveva smesso di scacciarmi, ma questo non significava che ci piacessimo. Avevo cambiato il suo nome in "Mr. Spina nel fianco", per adattarlo alla sua personalità, il che non lo rendeva meno simpatico, ma solo perché non era possibile.

Dopo aver dato da mangiare all'ingrata creatura, provai a guardare la TV, ma non riuscivo a concentrarmi. Non avevo fame, così decisi di fare una doccia e andare a letto. Non che mi aspettassi di dormire molto (dormire non è il mio forte), ma ero stanca morta e avevo bisogno di una pausa dal mondo reale.

Se questo fosse il film della mia vita, la sceneggiatura reciterebbe 'sequenza sfumata sul sogno' e poi si svolgerebbe una scena bizzarra...

Sono in mezzo alla folla alla ricerca di mio padre. So che è lì, ma non riesco a trovarlo. Tutti sono più alti di me e alcuni hanno facce da animali, il che mi spaventa. Mi urtano e mi spintonano come se fossi invisibile. Qualcuno sta urlando, ma non riesco a capire nulla. Comincio ad andare nel panico e poi vedo una donna che mi sembra familiare. Cerco di attirare la sua attenzione e, improvvisamente, è in piedi accanto a me. È Becca Solomon, ma ha un aspetto diverso. I suoi occhi sono neri, come quelli di un pesce, e c'è del sangue sui suoi vestiti. Dice: "L'avevo avvertito, ma non mi ha ascoltato" e poi se ne va. La folla si dirada; un uomo cammina verso di me. Non assomiglia a mio padre, ma in qualche modo so che è lui. Sento che posso respirare di nuovo. Mi sorride e la folla scompare.

Mi sveglio sentendomi riposata e in pace. Il mio lato sinistro sembra più caldo del destro, il che mi sembra strano finché non mi rendo conto che il gatto è strisciato nel letto con me e sta facendo le fusa dolcemente. Lo accarezzo e lui mi strofina la mano. La mia vita diventa ogni giorno più strana.

CAPITOLO 9

Il bello di lavorare per se stessi è che si possono seguire i propri orari e impostare il proprio programma. Il pericolo sta nel trasformarsi in un fannullone totale. È un pendio scivoloso, lo ammetto. Un giorno decidi di prendertela comoda, entri tardi, salti il lavoro, e subito dopo ti ritrovi a guardare "Il tempo della nostra vita" e a mangiare il gelato dalla confezione, in pigiama. Non che l'abbia mai fatto.

Se qualcuno meritava un giorno di salute mentale quel venerdì, ero io. Credo che su questo siamo tutti d'accordo. E non mi stavo nemmeno prendendo l'intera giornata; avevo programmato di entrare a mezzogiorno. Controllavo anche la mia posta elettronica, quindi in un certo senso stavo lavorando. Fortunatamente, solo una e-mail aveva bisogno di una risposta ed era di Becca. Rabbrividii, ricordando il mio sogno, ma un rapido sorso di caffè caldo mi riportò alla realtà. La sua domanda era: "Doveva dare i bambini a Joe se si fosse presentato ubriaco? Lui usciva sempre il giovedì sera con i suoi amici e si ubriacava (diceva), e lei aveva paura che fosse ancora ubriaco all'ora di andare a prenderlo la mattina.

In retrospettiva, una laurea in psicologia o consulenza sarebbe stata utile perché ho dovuto imparare queste cose sul lavoro.

No, ho scritto a Becca, *sicuramente non dovresti dare i bambini a Joe se è ubriaco, MA ci deve essere una conferma della sua condizione. Forse dovresti avere una terza parte obiettiva lì per fare questa scelta.* **Non dovrebbe essere il tuo ragazzo, Charlie**. *Tieni un registro di tutto quello che succede, e ricorda: Joe è il padre dei tuoi figli. So che è dura, ma voi due dovete trovare un modo per fare i genitori insieme per il bene delle vostre figlie. Speriamo che la tensione si plachi dopo che il divorzio sarà definitivo.*

Poi, con la soddisfazione di aver fatto cinque minuti di lavoro, portai il mio caffè e un libro fuori nel patio per poter assorbire i raggi della vitamina D e rilassarmi. A un certo punto devo essermi appisolata perché persi diverse chiamate. Una era dal mio ufficio e due da Becca. Alla faccia del prendermi qualche ora per me stessa. Era difficile decidere cosa fosse più sgradevole, parlare con Lisa, che forse stava piangendo, o con Becca. Era un testa a testa. Come compromesso, ascoltai il messaggio in segreteria di Becca. Nel primo sembrava infastidita. Joe non era andato a prendere i bambini ed era già in ritardo di un'ora. Ma il suo secondo messaggio era allarmante. Sembrava isterica e diceva che la polizia era alla sua porta, se potevo per favore chiamarla immediatamente. Il mio cuore iniziò a correre come fa sempre in caso di crisi, sia mia che di chiunque altro, così la richiamai e aspettai nervosamente che rispondesse.

"Becca? Sono Jamie. Che succede?"

"Jamie... la polizia è qui, non posso parlare adesso". Sembrava che stesse piangendo.

"Ma, cosa c'è che non va? Cos'è successo?"

Singhiozzava. "È Joe... è morto!"

CAPITOLO 10

ERO SCIOCCATA. COS'ERAPOTUTO SUCCEDERE? FORSE UN incidente d'auto o un crimine violento, o un attacco di cuore. Ragazzi anche più giovani di Joe erano morti all'improvviso. Ecco perché chiamano quegli attacchi precoci 'widow makers'. Be', ora non ci sarebbero più stati battibecchi, e nemmeno un divorzio. Quelle povere bambine, Leah e Lainie, ne avevano già passate tante e ora perdere il loro padre... era tragico. Non c'era molto che potessi fare per quella famiglia, se non lasciarla al loro dolore. Naturalmente, se Becca avesse avuto bisogno di qualcosa, avrei fatto del mio meglio per aiutarla.

Mi venne in mente che non avevo finito di preparare l'ordine della nostra ultima udienza. Ora non ne avevo bisogno, avrei invece presentato un'archiviazione. Mentre pensavo di aver già visto tutto, questa era una prima volta per me, e avevo bisogno di pensarci bene. Poiché Becca e Joe erano ancora sposati al momento della sua morte e non c'era nessun accordo prematrimoniale, lei avrebbe ereditato tutti i loro beni comuni. Inoltre, Joe aveva una polizza di assicurazione sulla vita con la moglie e le figlie come beneficiarie, quindi questa sarebbe entrata in gioco. Infine, le ragazze avevano diritto a ricevere la previdenza sociale attraverso il padre fino al compimento del diciottesimo anno di età. Becca sarebbe stata a posto dal punto di vista finanziario ma, emotivamente, lei e le sue figlie avevano una lunga strada davanti.

Pensare a quelle giovani ragazze che perdevano il padre era troppo per me. Mio padre era stato in una prigione cubana per tutti questi anni? Come potevo non cercarlo ora che lo sapevo? E quanto sarebbe stato terribile trovarlo, ma essere impotente? Avrei voluto che mia madre mi avesse parlato di lui prima, ma capivo le sue ragioni. Sapeva che non avrei lasciato perdere, che non mi sarei fermata finché non l'avessi trovato, e che questo avrebbe potuto portare solo a un dolore al cuore.

Forse avrei potuto trovare rapidamente la risposta e farla finita. Se avessi saputo che mio padre era morto, almeno mi sarei messa l'anima in pace, e non avrei dovuto chiedermelo per il resto della vita. Chi stavo prendendo in giro? Niente era mai facile, ma almeno avevo delle risorse che potevo usare. C'erano avvocati dell'immigrazione che potevo chiamare, avevo Duke e Grace e tutte le loro conoscenze, e avevo Internet. E non avrei potuto vivere in un posto migliore. C'erano quasi un milione di cubani nel sud della Florida, molti dei quali avevano parenti a Cuba; sicuramente uno di loro poteva aiutarmi a trovare mio padre.

Come si poteva prevedere, non andai per niente in ufficio. Mi sedetti al computer con una tazza di caffè fumante e il gatto in braccio (sì, è quello che ho detto) per iniziare a fare delle liste. Era ora di iniziare il 'Progetto papà'.

CAPITOLO 11

Non mi vergogno a dirvi che ho iniziato con Wikipedia. Volevo avere una panoramica della situazione politica a Cuba da quando Castro aveva preso il potere. Ero particolarmente interessata a un giro di vite sui dissidenti cubani nel 2003 noto come "Primavera Nera", quando il governo aveva imprigionato settantacinque dissidenti, tra cui giornalisti e insegnanti, che sono stati poi ritenuti da Amnesty International prigionieri di coscienza. I prigionieri furono alla fine rilasciati ed esiliati in Spagna, tranne quelli che erano morti in prigione. Il sito web elencava tutti i prigionieri, anche quelli morti, ma il nome di mio padre non era tra questi.

Cercai quindi delle organizzazioni locali che potessero aiutarmi e la prima che trovai fu 'The Cuban Liberty Council' a Miami, che si dedicava a promuovere la democrazia a Cuba, e a fornire assistenza ai diritti umani e ai gruppi di opposizione a Cuba. Sembrava promettente. Continuai a cercare e ne trovai uno ancora migliore: la 'Free Cuba Foundation', un'organizzazione no-profit/non-partisan che lavora per la creazione di una Cuba indipendente e democratica attraverso mezzi nonviolenti. I loro obiettivi erano di fornire informazioni sulla situazione all'interno di Cuba; fornire una piattaforma per i diritti umani e gli attivisti della democrazia; e fornire un mezzo per la comunità di Internet per impegnarsi in campagne per liberare i prigionieri politici, o migliorare le loro condizioni. *Fornivano anche una lista degli attuali prigionieri politici.* Fui sollevata nel vedere che mio padre non era nemmeno su quella lista. Questo non vuol dire che non potesse essere in prigione per qualche altra ragione.

Sapevo che era un tentativo, ma ho anche cercato il nome di mio padre nell'SSDI (Social Security Death Index). Non avrebbe avuto un numero di previdenza sociale a meno che non fosse qui legalmente o un cittadino, e non sarebbe stato sull'SSDI a meno che non fosse un cittadino *morto*, quindi non rimasi sorpresa quando non venne fuori niente. Lo cercai anche su Facebook. Stavo decidendo cosa fare dopo quando il mio telefono vibrò. Era un messaggio di Becca. Finalmente! Erano passate più di tre ore da quando avevamo parlato.

Scusa se non ho chiamato, diceva, *ma sono troppo sconvolta per parlare con qualcuno. La polizia pensa che Joe sia morto per un'overdose. Non lo sapranno con certezza fino all'autopsia. Le mie ragazze non smettono di piangere. È terribile...*

Un'overdose? Non me l'aspettavo. Joe non sembrava il tipo: un ubriacone, sì, ma non un drogato. E non mi era nemmeno sembrato un suicida. So per certo che non vedeva l'ora di vedere le sue figlie, e sembrava che gli piacesse rendere Becca infelice.

Scrissi le mie condoglianze: *Mi dispiace tanto, Becca. È una notizia terribile! Per favore, fammi sapere se posso aiutarti in qualche modo. Non esitare a chiamarmi. Condoglianze, Jamie*

Come potete vedere, noi avvocati di diritto familiare abbiamo una visione distorta del mondo. Come non potremmo? Tutti intorno a noi si comportano da pazzi; mentono tutto il tempo, litigano per cose stupide, come forni a microonde, o treni giocattolo che sostengono essere cimeli di famiglia. Per il bene della nostra sanità mentale, a volte dobbiamo allontanarci, uscire con persone divertenti. La mia persona divertente era Grace, ed era il motivo per cui l'avevo nelle chiamate rapide.

"È già l'happy hour?" Chiesi, quando rispose al telefono.

"Sono le cinque da qualche parte, immagino. Cosa stai bevendo, un Cuba Libre?".

"Un frozen margarita, più che altro".

"Ce l'hai fatta, Amiga. Per fortuna c'è la serata latina da Tekila! Ci vediamo tra mezz'ora".

Mi cambiai e andai a cercare la mia dose di sanità mentale. Il primo posto in cui avevo intenzione di guardare era dentro un bicchiere alto, con una ciliegina in cima.

CAPITOLO 12

Tekila's è un bar informale su Hollywood
Boulevard con un tema diverso ogni sera. È anche un ristorante
messicano. A me e a Grace piace andarci il venerdì per le Notti
Latine perché amiamo la musica in levare e la gente eccentrica
e divertente che ci balla. Non che abbiamo ballato. Trovo che
camminare senza inciampare sia una sfida sufficiente. Per
fortuna non mi chiamo Grace, quindi non ho tutta questa
pressione.

Non vedevo l'ora di rilassarmi con la mia migliore amica e
parlare della nostra settimana, anche se non avevo intenzione di
parlare di Becca. La sua triste storia era il motivo per cui avevo
bisogno di rilassarmi, in fondo.

La città di Hollywood è di circa trenta miglia quadrate in
tutto, quindi tutto è vicino. Impiegai solo venti minuti per
arrivare da Tekila's, anche con il traffico dell'ora di punta.
Grace era già seduta al bar, vestita con i suoi abiti 'Casual
Friday', che erano comunque piuttosto chic, sorseggiando un
Margarita on the rocks, con sale extra. Vedevo un rum

ghiacciato sul bancone, che aspettava solo me. Il bicchiere non aveva nemmeno iniziato a sudare.

"Wow!" Dissi, scivolando sullo sgabello del bar. "Come hai fatto ad arrivare qui così in fretta... con un jet pack?"

Avvicinai il drink e attaccai la bocca alla cannuccia. All'istante, un rum dolce, aspro e ghiacciato cominciò a scorrere sulla mia lingua, intorpidendola ed eccitandola allo stesso tempo. Sospirai con soddisfazione. Strano come qualcosa di così freddo potesse farmi sentire così caldo.

"Mi sono teletrasportata", disse Grace con una risata. "Cerca di stare al passo, Jamie, va bene? In realtà, ero dietro l'angolo a prendere una trascrizione. Ho un grosso processo in arrivo e il mio cliente mi sta facendo venire l'ulcera. Di questo passo, dovrò iniziare a comprare l'antiacido a fiumi".

"Povera te!" Dissi, accarezzandole il braccio con la mia mano fredda e bagnata. Lei tirò via il braccio e io risi.

"He-ey!" Protestò lei.

"Sto solo cercando di distrarti dai tuoi problemi", dissi. "Non c'è di che". Poi tornai a scolarmi il drink.

"Spero che ti si congeli il cervello", disse Grace, con tono deciso.

"Oh, lo spero proprio. Ma questo non mi impedirà di ordinarne un altro. Com'è il suo Margarita, signora? Soddisfa i suoi elevati standard?"

Grace sbuffò. "I miei standard sono piuttosto bassi quando si tratta di Margarita. Tutto ciò di cui ho bisogno è uno shot di tequila e un po' di sale, e sono felice".

"Parlando di standard bassi", dissi, facendo segno a Jan, il nostro barista preferito, per un altro giro, "Hai finalmente scaricato quel perdente, Christopher, o te lo sei ripreso, *di nuovo?*"

Grace finì il suo drink proprio quando Jan gliene mise uno fresco davanti. Il suo tempismo era sempre impeccabile.

"Scusa, non riesco a sentirti, la musica è troppo alta".

"Grace, sul serio? Te lo sei ripreso? Ti scrocca completamente, lavora a malapena e non è nemmeno gentile. E ora *mi* sta facendo fare la figura del cattivo. Dovrei farti il discorsetto: dov'è il tuo rispetto per te stessa, ti meriti di meglio, tutto quanto, ma non lo farò. Non mi ascolteresti, comunque".

"Hai ragione".

"So di averla".

"Voglio dire, hai ragione sul fatto che non ti ascolto". Disse Grace. "Senti, non sono pazza, Jamie. Vedo Christopher per quello che è, ma mi piace ancora. È divertente e spontaneo e ci divertiamo insieme. Non ho mai detto che è il *signor Giusto*; è solo *il signor Giusto adesso*. Ok?"

"Va bene, scusa. Mi preoccupo per la mia migliore amica. Ora starò zitta. Sentiti libera di darmi consigli sulla mia vita sentimentale quando vuoi", dissi.

"Lo farei, ma..."

"Ma, cosa?"

"Tu non hai una vita amorosa". Grace mi diede un'occhiata di traverso.

"Oh, sì, è vero. Non ce l'ho". Sorseggiai il mio secondo drink. Due è il mio limite, quindi dovevo farlo durare.

"Che cosa faremo a questo proposito?" Chiese Grace, battendo il piede a tempo mentre guardava una coppia che ballava la salsa dall'altra parte della stanza. Erano bravi.

"Un problema alla volta, Grace", dissi. "In questo momento sto cercando mio padre e non so nemmeno da dove cominciare. Come posso ossessionarmi, se tu continui a cercare di distrarmi?"

"Whoa, aspetta un minuto", disse, mettendo giù il suo drink e dandomi tutta la sua attenzione. "Ieri eri troppo spaventata per chiedere a tua zia di tuo padre, e ora stai dedicando la tua vita a trovarlo? Mi sono persa qualcosa?"

"Sì, direi di sì. Ti aggiorno, ma prima ho bisogno di tacos."

CAPITOLO 13

"Allora, fammi capire bene", disse Grace, dopo che avevamo finito due tacos a testa e un tè freddo. "Tuo padre potrebbe essere ovunque, anche in prigione, o forse morto, ma dovunque sia, sicuramente *non* ti sta cercando, perché non sa che *esisti?*"

"Esattamente - tranne che hai dimenticato la parte sugli intrighi politici, la tragica storia d'amore, e l'assillante domanda se sono moralmente obbligata a imparare lo spagnolo ora. Dio sa che ci ho provato, ma il congiuntivo mi fa impazzire. E le coniugazioni dei verbi, Dios mio! C'è un "voi" formale, un "voi" informale, un "voi" formale plurale e un "voi" informale plurale - come dire "voi ragazzi" - ma *solo se sei in Spagna.* È troppo complicato. Non pensi che lo 'Spanglish' dovrebbe essere sufficiente? Voglio dire, sono solo mezza cubana, no?".

Grace rise e scosse la testa. "Stai perdendo la testa, ragazza! Seriamente, però, pensi che sia una buona idea cercarlo? Andrà così per le lunghe e anche se lo trovassi, cosa succederebbe? Ti stai immaginando una grande riunione di famiglia?".

Sapevo che stava cercando di proteggermi. La verità era che

avevo appena iniziato a superare la morte di mia madre e l'ultima cosa di cui avevo bisogno era un altro dolore al cuore.

Sospirai. "Prometto di non lasciarmi trasportare. E niente riunioni di famiglia con magliette uguali o cose del genere. Vorrei solo sapere che tipo di persona è mio padre, o almeno cosa gli è successo. So che le probabilità di trovarlo non sono buone. È come giocare a "Dov'è Waldo" ma in un Paese intero. Ho più possibilità di vincere alla lotteria".

"Be', spero che tu abbia comprato un biglietto, perché è arrivato a 60 milioni di dollari". Grace sorrise.

"Ci puoi scommettere! E quando avrò vinto, amica mia, la cena la offro io. *A Parigi*".

"Dovresti prenotare il jet privato adesso", disse, "per sicurezza".

Mentre parlavamo, Grace prese il suo costoso tablet all'avanguardia dalla borsa, lo mise sul bancone e iniziò a scrivere come una stenografa.

"Cosa stai facendo?" Chiesi, guardando da oltre la sua spalla. "Non dirmi che stai lavorando proprio ora, nel bel mezzo della Notte Latina da Tekila? Non mi stupisce che tu abbia bisogno di così tanti antiacidi, sei una maniaca".

Grace sgranò gli occhi. "No che non sto lavorando, sciocca. Sto cercando Waldo. Devo avvertirti però, il mio spagnolo è peggio del tuo, quindi, se ci blocchiamo su una parola, dovremo usare il traduttore di Google. Perché non mi dici cosa hai fatto finora?".

Da quando ci siamo incontrate al secondo anno di legge a Nova, ho sempre potuto contare su Grace. Più intelligente di molti altri e divertente come nessun altro, era come una cometa brillante che illuminava la lunga notte nera che era la scuola di legge. Ok, sto esagerando un po', ma, credetemi, la scuola di legge era tutto tranne che divertente.

Con i suoi occhiali neri e i vestiti alla moda, Grace aveva già l'aspetto di un avvocato, anche allora, ma sotto sotto, era una tale sciocca. Giuro, nessuno riesce a farmi ridere come Grace, specialmente quando fa le voci buffe. Riesce a imitare quasi chiunque. Non dimenticherò mai la sera in cui Grace chiamò la nostra amica Suzie e finse di essere la nostra irritabile professoressa di Diritto Civile, Maryellen Brennan. Fece tremare Suzie per un quarto d'ora intero, mentre io ero seduta accanto a lei, ridendo a crepapelle. Fu solo quando Grace disse a Suzie che avrebbe dovuto cucinare una torta di mele per i crediti extra che finalmente capì.

Grace aveva un altro talento, uno che tutti gli avvocati desiderano, quello che mi piace chiamare "la voce della ragione". La voce della ragione è una voce calma, modulata e rilassante come il miele su una gola infiammata. Per questo, sembra sempre che Grace abbia ragione.

All'università ti insegnano che se la legge non è dalla tua parte, dovresti argomentare i fatti, e se i fatti non sono dalla tua parte, dovresti argomentare la legge, ma non ti insegnano nulla sulla performance, che può fare la differenza. Certo, se ci lavorate, potete imparare i meccanismi per essere un oratore efficace: contatto visivo frequente; postura forte; controllare il vostro ritmo; e usare un linguaggio del corpo appropriato - come non agitarsi e distrarre le persone da ciò che state dicendo - ma non avrete mai la voce della ragione, una voce così convincente che anche se vi recitasse l'elenco telefonico, l'ascoltereste. Pensateci e capirete perché James Earl Jones era la persona migliore per essere la voce di Darth Vader. Avere la "voce della ragione" è il motivo per cui Grace sembra avere tutte le risposte, anche quando non le ha.

～

Dissi a Grace tutto quello che avevo trovato, che non era molto, ad essere onesti, ma considerando che avevo dovuto affrontare la crisi di Becca, era comunque qualcosa. Poi le chiesi da dove pensava dovessimo iniziare.

"Che ne dici di cercare su Google 'come trovare un parente perso a Cuba'?

"Be', bah, perché non ci ho pensato?"

"Sei troppo coinvolta", disse Grace, gentilmente.

"Allora sono fortunata ad avere te", dissi. E dicevo sul serio.

CAPITOLO 14

Passammo l'ora successiva seduti al bar Tekila, a fare brainstorming. Mi sentivo male ad occupare i posti per così tanto tempo, ma la folla si era diradata e Jan disse che non gli dispiaceva. Un'altra ragione per cui è il nostro barista preferito.

L'idea di Grace di cercare su Google come trovare un parente perduto a Cuba portòa decine di indizi, soprattutto siti di genealogia come geneaology.com, FamilySearch, MyHeritage e Cubagenweb.org, che era una guida alla ricerca genealogica per i cubani. Sebbene queste informazioni potessero rivelarsi utili alla fine, non ero ancora in quella fase, poiché non sapevo nulla di mio padre o dei suoi (e miei) parenti a Cuba, senza contare che aveva un cognome abbastanza comune e non conoscevo il suo luogo di nascita. L'unica cosa che sapevo con certezza era la sua età. Nella sua lettera, mia madre aveva menzionato che si erano incontrati quando avevano entrambi vent'anni. Dato che lei avrebbe compiuto cinquantacinque anni quest'anno, anche lui ne avrebbe avuti cinquantacinque.

Nella nostra caccia al tesoro su Internet, scoprimmo anche

"Cuba Google" e "Cuba blogs", che sembravano promettenti, ma dato che nessuna di noi parlava spagnolo, decidemmo di lasciarli per ultimi, magari trovando qualcuno che traducesse per noi. A Grace piaceva l'idea del blog. Era convinta che qualcuno così politicamente attivo come mio padre avrebbe lasciato un'impronta su Internet, in particolare un blog, ma io non ne ero così sicura. Forse essere arrestato e deportato e perdere la donna che amava lo aveva fatto sentire sconfitto. E se si fosse scoperto che era in prigione, di sicuro non avrebbe potuto tenere un blog dalla sua cella.

Alla fine della serata, sembrava che una delle nostre migliori piste fosse la Fondazione Nazionale Cubano-Americana di Miami, che forniva informazioni alle persone sui loro parenti a Cuba, o forniva contatti per aiutarli a trovare quelle informazioni. L'altra pista promettente era il Consolato Cubano a Washington, D.C. Grace aveva un amico che lavorava per il Dipartimento di Stato che aveva intenzione di chiamare per chiedere consigli. Io dissi che avrei contattato la Fondazione Nazionale Cubana d'America, così come gli altri gruppi di Miami che avevo trovato facendo le mie ricerche.

"È un buon inizio", disse Grace, mentre rimetteva il tablet nella borsa. "Pensi che dovremmo chiedere aiuto a Duke? Si è offerto."

"Lo farei, ma non riesco a pensare a niente da fargli fare in questo momento. Dovremmo aspettare finché non avremo davvero bisogno di lui, sai, per le cose di cappa e spada".

"Cappa e spada": ma ascoltati! Ti avevo detto che guardare tanta TV ti avrebbe fritto il cervello, Jamie, ed è è successo. Che peccato."

"Non essere gelosa, Grace. Un giorno, avrai il tempo di goderti del 'tempo di qualità sul divano' come faccio io, con un telecomando in una mano e un caffellatte ghiacciato nell'altra. Riesco già a vederti- ballerai nei corridoi con Ellen DeGeneres, imparerai 'cosa non indossare' e diventerai uno chef gourmet, tutto senza lasciare il divano. Che vita!"

"Grazie, ma preferisco bere un Margarita con la mia amica e guardare la gente ballare la salsa *nel mondo reale*", disse Grace.

"Oppure, potresti venire da me; faremo dei margaritas e guarderemo 'Ballando con le stelle' sul mio divano. È molto comodo".

"Sei una pazza, lo sai?" Sorrise lei. "Credo che andrò a dormire, così potrai recuperare i tuoi programmi."

Ridevo mentre scivolavo in una delle nostre vecchie battute, prese in prestito dal grande George Burns. "Di' buona notte, Gracie".

"Buona notte, Gracie", disse, e poi sbadigliò, il che non faceva parte della routine, ma era comunque un bel tocco.

CAPITOLO 15

Passai il fine settimana facendo le cose noiose del fine settimana: lavanderia, spesa, pagare le bollette, pulire la casa e, naturalmente, recuperare i miei programmi. Mi piace sempre iniziare la settimana con il serbatoio pieno di benzina, il frigo pieno e i soldi nel portafogli; altrimenti, mi sento come se fossi indietro prima ancora di iniziare. Anche avere vestiti puliti da indossare è in cima alla lista. È strano, ma trovo difficile abituarmi a lavorare ogni giorno, anche se l'ho fatto per dieci anni prima che mia madre morisse. Sembra che una volta che si smette di timbrare il cartellino, ci si dimentica immediatamente come si fa; e poi, non ci si ricorda nemmeno com'è fatto l'orologio.

Dato che sono abbastanza ossessiva, potreste pensare che ho mostrato una notevole moderazione non passando il fine settimana online a cercare mio padre, ma la verità è che il mio cervello era in sovraccarico. Se non avessi avuto del tempo libero per assorbire tutte quelle nuove informazioni, la mia testa sarebbe esplosa. Oltre ad essere ossessiva, sono anche esagerata, il che suona come una malattia, ma non lo è.

Ero felice di non aver programmato la cena domenicale con zia Peg e Adam. Non avevo voglia di parlare di mia madre, di mio padre, di segreti di famiglia o di qualsiasi cosa che andasse sotto quelle voci. Invece, invitai i miei vicini di casa, Sandy e Mike, per un take-away indiano e un bicchiere di vino. È stato divertente e rilassante e proprio quello che mi avrebbe prescritto il dottore - se un dottore può prescrivere una ricetta per Curry, Pinot Grigio e una serata in compagnia di persone simpatiche.

Il lunedì mattina ero riposata e pronta ad affrontare il mondo, o almeno pronta ad affrontare la mia casella di posta. Ero così di buon umore che avrei potuto anche gestire il pianto di Lisa, ma speravo di non doverlo fare. Per precauzione, e per diffondere il buonumore, mi fermai da Einstein mentre andavo al lavoro per prendere una dozzina di bagel per l'ufficio, compresi quelli all'uvetta e cannella, i preferiti di Lisa.

Dopo essermi sistemata alla scrivania con una seconda tazza di caffè, mandai un'e-mail a Becca per chiederle dei preparativi per il funerale di Joe, perché mi sentivo in dovere di porgere i miei rispetti. Mi venne in mente che i genitori di Joe potevano essere quelli che organizzavano il funerale, considerando l'aspro procedimento di divorzio, ma Becca avrebbe comunque avuto le informazioni.

Lavorai senza sosta fino all'ora di pranzo e riuscii a sbrigare un bel po' di lavoro d'ufficio, a dirla tutta. Vorrei essere una lavoratrice costante, ma, sfortunatamente, ho solo due velocità: avanti a tutta velocità e ferma. Per fortuna, erauna giornata a tutta velocità. Stavo rimuginando se prendere un panino o un'insalata dal ristorante dall'altra parte della strada quando il mio cellulare squillò. Di solito non rispondo all'ora di pranzo per stabilire dei limiti con i miei clienti. Solo perché hanno il mio numero di cellulare (che è più per la mia comodità che per la loro), non significa che sono a disposizione per loro 24 ore su 24. Ma vidi che era Becca, così decisi di rispondere.

"Ehi, Becca, pensavo proprio a te. Come stai, tesoro?"

"Male, Jamie, molto male." La sua voce suonava irregolare, come se avesse pianto tutto il fine settimana.

"Posso solo immaginare. Devi essere sopraffatta, come posso aiutarti?".

"Sto chiamando perché non so cosa fare", si lamentava. "L'ufficio del procuratore ha chiamato e mi ha chiesto di presentarmi per un interrogatorio. Perché l'hanno fatto? Cosa vogliono da me? Perché sta succedendo? Non ce la faccio più!"

Potevo sentire la sua isteria aumentare e sapevo di doverla convincere a scendere dal cornicione, in senso figurato. Almeno speravo che fosse in senso figurato. Non si conoscono mai i limiti di una persona; e a volte, non si conoscono nemmeno i propri.

"Va tutto bene, Becca. Probabilmente è solo una cosa di routine. Senti, conosco qualcuno all'ufficio del procuratore, che ne dici se lo chiamo per te e vedo cosa riesco a scoprire?"

Fece una pausa e poi, con una voce piccola come quella di una bambina, disse: "Sì, per favore... e mi richiami?".

"Te lo prometto. Ma non sederti vicino al telefono ad aspettare, perché a volte ci vuole un po' prima che risponda. Perché non vai a farti un tè, o a sdraiarti e a rilassarti un po'? Ok?"

"Ci proverò", disse lei, non molto convincente.

Dopo aver riattaccato, composi il numero di Nick Dimitropoulos, Procuratore di Stato, astro nascente, figlio di un senatore, e mio arcinemico. Se cercate la parola 'arci' nel dizionario, troverete che si riferisce a una persona con la sensazione di essere superiore o di saperne di più di altre persone. Accanto a questa definizione, vedrete una foto di Nick D. Oh, aspettate, è solo nel mio dizionario.

I miei sentimenti per Nick sono sinceri. È lui che l'anno prima ha dato la caccia a mio cugino disabile, Adam, e ha cercato di incolparlo di un omicidio usando solo prove circostanziali e una vagonata di ambizione politica. Alla fine abbiamo raggiunto una tregua dopo che l'ho convinto a concentrarsi sul vero assassino. Ha finito per sembrare un eroe, con la sua foto sul giornale e tutti i riconoscimenti che ne conseguono, quindi mi doveva un favore, e lo sapeva. I politici tengono sempre conto dei favori, anche gli aspiranti politici. Specialmente gli aspiranti politici.

"Nick Dimitropoulos".

Sentendo la sua voce, me lo immaginavo alla sua scrivania con la mascella cesellata e le unghie perfettamente curate. Addosso l'ultimo modello di Armani, scarpe lucide (con o senza nappe) e neanche un capello fuori posto. La sua scrivania era di sicuro ordinatamente organizzata e dotata della migliore tecnologia che il denaro possa comprare.

"Jamie Quinn, come va, Nick?"

"Ciao Quinn, non mi aspettavo di sentirti così presto".

Risi. "Così presto? È passato un anno da quando ti ho aiutato a mettere la tua foto sul giornale".

"Per tua informazione, Quinn, la mia foto è sempre sul giornale. E per tutte le ragioni giuste".

"Non ne dubito nemmeno per un minuto, Nick..." Esitai, non sapendo esattamente come procedere.

"Allora, Quinn, cosa posso fare per te? Stai cercando delle referenze?"

Scoppiai a ridere. "Stai scherzando, vero?"

"Certo. Cosa c'è?"

"Be', ho un cliente..."

"Un altro tuo cugino?"

"Divertente, Nick. E no, non un cugino. Una delle mie

clienti ha ricevuto una chiamata dal tuo ufficio questa mattina venire le hanno chiesto di deporre. Vorrei sapere perché".

"Come si chiama?"

"Becca Solomon".

"Ho familiarità con quel caso".

"È un caso? Perché è un caso? Suo marito è stato trovato morto venerdì scorso, ma lei non ne sapeva nulla. Stava aspettando che lui andasse a prendere i bambini".

Ci fu una pausa mentre Nick sembrava considerare quali informazioni fosse disposto a condividere.

"Quinn, non dovrei dirtelo, ma Joe Solomon è morto per una combinazione di alcol e sonniferi".

"Non ti seguo. Perché non dovresti dirmelo?"

"Perché erano i sonniferi della tua cliente".

CAPITOLO 16

"C'è sempre una spiegazione", disse Nick. "Ma potrebbe non essere quella che vuoi sentire".

"Terrò la mente aperta, grazie, e ti consiglierei di fare lo stesso. Ricordi l'ultima volta che hai scelto il frutto più basso? *Hai preso la persona sbagliata.* Sono state intentate cause per molto meno, Nick. Sto solo dicendo".

"Non sono preoccupato, Quinn".

Era difficile da scuotere, glielo concedo.

"Suppongo che la tua cliente ci chiamerà per fissare un appuntamento", chiese con la sua solita compiacenza. "O vuoi fissarlo ora?"

"Ti richiamo", dissi, cercando di guadagnare tempo.

Ero stupita di trovarmi, ancora una volta, invischiata in un caso criminale. Com'è possibile che questo continui a succedermi? Sul mio biglietto da visita c'è scritto 'avvocato di diritto familiare', chiaro come il sole. E povera Becca! Prima di chiamarla e spingerla giù da quel cornicione su cui stava traballando, avevo bisogno di un consiglio per poterla guidare nella giusta direzione. Sembrava così impotente, così distrutta. Sapevo proprio chi chiamare: Susan Doyle, difensore pubblico straordinario. Susan era stata preziosa quando mio cugino Adam era stato accusato di omicidio; senza di lei, non so cosa gli sarebbe successo. Niente di buono, questo è sicuro.

Quando chiamai l'ufficio del difensore d'ufficio e chiesi di Susan Doyle, mi dissero che non lavorava più lì, che era entrata in uno studio privato. Non so perché ne fui sorpresa. La mia vita era cambiata nell'ultimo anno; era sciocco da parte mia pensare che gli altri fossero fermi. La receptionist fu così gentile da darmi il numero di Susan. Con mio sollievo, non si era trasferita; il suo studio era nel centro di Hollywood, a tre isolati dal tribunale.

Le lasciai un messaggio e lei mi ha richiamato subito. Dopo averchiacchierato un po' e dopo avermi chiesto di Adam, mi lanciainella spiegazione del perché l'avevo chiamata.

"Susan, ho una situazione incresciosa, be', la mia cliente ce l'ha, e speravo che tu potessi aiutarla ed eventualmente rappresentarla, se necessario. Questa donna può permettersi un avvocato privato e le consiglierei di assumerti".

"Certo, Jamie, tutto quello che posso fare. Che succede?"

Le raccontai della mia conversazione con Nick l'Astuto' (come Susan amava chiamarlo), e del resoconto della causa di divorzio di Becca e Joe, in tutta la sua cattiveria.

"Questa sì che è una bella storia", disse Susan. "Conosci Becca da un po', cosa pensi di lei? Pensi che abbia qualcosa a che fare con la sua morte?".

Pensai per qualche minuto. "Non credo che ne sia capace. Sta veramente cadendo a pezzi e sembrava scioccata come tutti noi quando Joe è stato trovato morto. In realtà stava aspettando che lui andasse a prendere i bambini quando l'ha scoperto".

Poi Susan fece una domanda che mi prese alla sprovvista. "Lo aveva mai minacciato?"

Sussultai ricordando la nostra ultima udienza in tribunale. "Ho paura che l'abbia fatto. Gli ha detto che se avesse cercato di portarle via le bambine, lo avrebbe ucciso!"

Susan era imperturbabile. Era stata un difensore pubblico per molto tempo e aveva sentito molto peggio, ne ero sicura.

"Qualcun altro l'ha sentita minacciarlo?"

"Sì, ora che ci penso. L'ufficiale giudiziario del giudice Marcus, Harold, era lì e ha detto che avrebbe chiamato la sicurezza se non si fossero calmati".

"Be', questo non aiuterà", disse Susan, "ma almeno sappiamo che è là fuori. Sapere è potere, dico sempre. Hai detto che Joe ha lasciato la casa coniugale un mese fa, Becca aveva le chiavi della sua abitazione?"

Sapevo perché me lo stava chiedendo. Se Becca aveva un motivo per uccidere Joe, e Nick avrebbe certamente pensato che ne avesse uno, ne aveva anche l'opportunità?"

"No, Becca sicuramente non aveva accesso a casa sua. Non si davano il tempo di parlare, figuriamoci di scambiarsi le chiavi. Becca ha persino fatto cambiare le serrature della casa coniugale in modo che Joe non potesse entrare".

Il mio stomaco brontolava, ricordandomi che non avevo ordinato il pranzo. Di solito non sono una persona che dimentica di mangiare, ve lo posso assicurare.

Susan fece una pausa e poi chiese: "Suicidio? Incidente?"

"No al suicidio. L'incidente è una possibilità". Stavo cercando nei cassetti della mia scrivania dei cracker o qualcosa da mangiare. Trovai solo un paio di gomme da masticare sciolte. Me le infilai in bocca.

"Un'altra domanda: uno dei due ha un amante? Questo tende a cambiare le dinamiche".

Quasi ingoiai le gomme. Mi ero dimenticata del ragazzo di Becca!

"Sì! Becca ha un ragazzo; era un amico di Joe, ma ora non

più, ovviamente. Si chiama Charlie Santoro. L'ho incontrato un paio di volte e mi è sembrato un tipo tranquillo. Non metteva benzina sul fuoco, se è questo che stai chiedendo".

Susan non fece una piega. "Pensi che potrebbe essere un sospettato?

Ci pensai. "Non ne ho idea. Immagino che tutto sia possibile. Sono stata ingannata dale persone in passato. Il mantra dell'avvocato di famiglia è 'tutti mentono'".

Susan si mise a ridere. "Non dimenticare che stai parlando con un avvocato penalista. I nostri clienti dicono così tante bugie che non riconoscerebbero la verità neanche se mordesse loro il culo".

Ridacchiai insieme a lei.

"Ok", disse Susan, nel suo modo senza fronzoli, "ecco cosa devi fare. Organizza l'incontro con l'ufficio del procuratore e vai con Becca. Non farle rispondere a nessuna domanda tranne che al suo nome e indirizzo. Dopo di che, appellati al quinto emendamento sulla base del fatto che potrebbe incriminarsi da sola. Faremo fare il lavoro al procuratore di stato. Se le accuse saranno presentate, allora mi incontrerò con Becca e lei potrà formalmente assumermi".

"Cos'altro posso fare per aiutare?"

"Hai ancora il numero di quello strano investigatore? Penso che abbiamo bisogno dei suoi servizi. Come si chiamava?"

"Duke Broussard. Sì, è proprio strano".

CAPITOLO 17

PRIMA DI CONCLUDERE LA NOSTRA CONVERSAZIONE, SUSAN
spiegò cosa voleva da Duke. Dato che l'onere della prova in un
caso penale è "oltre ogni ragionevole dubbio", il ruolo di Duke
sarebbe stato quello di creare quel dubbio, di scovare prove che
allontanassero Becca, nel caso fosse stata accusata di un
crimine. Susan raccomandò a Becca di assumere Duke subito,
perché prima lui avrebbe potuto ripulire il suo nome, meglio
sarebbe stato.

Avevo paura di fare quella telefonata a Becca. Non
fraintendetemi, come avvocato di diritto familiare, ho già dato
molte cattive notizie ai clienti, ma non è mai facile. E come si fa
esattamente a dire a qualcuno che è sospettato di omicidio? C'è
un corso su questo? Un sito web? L'unica consolazione era che
Becca l'avrebbe saputo da me e non da Nick.

Vagai nella piccola cucina del nostro ufficio in cerca di cibo.
La mia fame stava cominciando a sovrastare tutti gli altri
pensieri; inoltre, mi stava venendo il mal di testa. Con mia
sorpresa, la scatola di Einstein che avevo portato quella mattina
aveva ancora tre bagel dentro. E c'era anche mezza vaschetta di

crema di formaggio. Oh, che bellezza! Non mi preoccupai di cercare un coltello; semplicemente spezzai un bagel di segale a metà e lo usai per raccogliere la crema di formaggio e mettermela in bocca. Sono sicuro che sembravo una bestia selvaggia che sbrana un'antilope, ma non mi importava. Ero *così* affamata. Inoltre, essendo vegetariana, non avrei mai mangiato un'antilope.

Con lo stomaco pieno di bagel, mi tornò la ragione e mi disse di chiamare prima Duke; in questo modo avrei potuto presentare a Becca una soluzione nello stesso momento in cui le dicevo il problema. Inoltre, avevo bisogno di sapere se Duke era disponibile (come se potesse resistere a una damigella in pericolo e a un delitto tutto insieme); inoltre, quanto si sarebbe fatto pagare per i suoi servizi e quale sarebbe stato il suo piano d'attacco. Ero felice di poter finalmente offrire a Duke un lavoro pagato ed ero altrettanto felice di poter rimandare la chiamata a Becca.

Quando rispose al telefono, potevo sentire la folla del bar in sottofondo. Doveva essere in giro al "Facilone"; Duke praticamente viveva lì.

"Beh, se non è la signora Esquire in persona. " disse Duke. "Sapevo che non potevi stare lontano. E' il fascino di Broussard che ti entra nella pelle. "

"Sai, ultimamente ho avuto un po' di prurito. Pensavo fosse un'eruzione cutanea, ma deve essere stato il vecchio fascino di Broussard".

Duke si mise a ridere. "Come va, cara? Sei pronta a ricominciare a cercare il tuo papà? Ho qualche idea."

Per un secondo, avevo dimenticato che Duke non era al corrente del mio 'progetto papà'. Non c'era molto da dire, comunque, e oggi non era il giorno giusto.

"Sei stato grande ad aiutarmi con quello, Duke, e lo apprezzo molto, ma ho messo il progetto in attesa per ora. Ho un caso di divorzio che si è trasformato in un'indagine per omicidio e ho bisogno dei servizi di un buon investigatore privato. Ci stai?"

"No, a meno che tu non abbia bisogno dei servizi di un *grande* investigatore privato. Non posso abbassare i miei standard in questo modo, sai. Rovinerebbe la mia reputazione".

Risi. "Be', non ti vorrei avere sulla coscienza. Questo sarebbe un lavoro pagato, giusto perché tu lo sappia".

"Be', perché non l'hai detto? Abbasserò i miei standard se il prezzo è giusto. 75 dollari all'ora le sembra giusto? Avrò bisogno di un anticipo, forse 500 dollari. Va bene?"

Sembrava che Duke avesse bisogno di soldi.

"Sono sicura che andrà bene", dissi, e poi gli raccontai cosa stava succedendo con Becca.

"Wow!" disse quando ebbi finito. "Niente male. Quando cominciamo?"

"Subito dopo aver detto a Becca che è sospettata dell'omicidio di suo marito".

CAPITOLO 18

Non potevo più rimandare, così feci il numero di Becca. Con mia sorpresa, rispose un uomo.

"Telefono di Becca".

"Salve, sono Jamie Quinn. Posso parlare con Becca, per favore?"

"Oh, ciao Jamie, sono Charlie. Becca sta dormendo, ma ha detto di svegliarla se chiamavi. Non credo che abbia dormito per tutto il weekend. Cavoli, è stata dura per lei."

"Scommetto di sì. Sai una cosa, Charlie? Non svegliarla, posso richiamare più tardi. Ma volevo chiederti una cosa: hai visto Joe di recente?"

"Lo vedevo sempre in giro per la città. Gli dicevo sempre 'ciao' - voglio dire, mi dispiaceva per lui - ma lui mi ignorava."

"Avete mai litigato? Era cattivo con te?" Chiesi.

Charlie fece una pausa prima di rispondere. "Sì, quando ha scoperto che mi vedevo con Becca, mi ha chiamato e mi ha fatto il culo, dicendomi che ero un bastardo, un figlio di puttana e qualche altra cosa. Ma poi ha smesso di parlarmi del tutto".

Dopo aver riattaccato, mi chiesi come Charlie e Joe fossero

diventati amici tanto per cominciare. Charlie era tranquillo, bello in modo trasandato, come un surfista o uno che gioca a frisbee con il suo cane sulla spiaggia. Joe, d'altra parte, era ambizioso, pieno di energia, rumoroso. Gli piacevano i bei vestiti e le macchine costose e gli piaceva essere al centro dell'attenzione. Avendo costruito un'azienda tecnologica che poi aveva venduto per un milione di dollari, a Joe piaceva pensare di essere il prossimo Steve Jobs. Per quanto riguarda gli amici, quei due sembravano completamente male assortiti. In ogni caso, non riuscivo a immaginare Charlie che uccideva qualcuno. *Troppo karma negativo e roba del genere, amico.*

Erano le tre, ma avevo finito di lavorare per quel giorno. Dio benedica il lavoro autonomo! Mi sentivo come se avessi fatto molto, o almeno abbastanza, e avevo bisogno di schiarirmi le idee. Decisi che un po' di esercizio nella natura era quello che ci voleva, così mi diressi a T. Y. Park per una lunga passeggiata. Tengo sempre i vestiti e le scarpe da ginnastica in macchina, nel caso mi venisse voglia, ma, visto che succede raramente, i vestiti erano freschi e puliti. Se mai fossero stati sudati...

Il Topeekeegee Yugnee Park, in breve T.Y., è all'altezza del suo nome, che significa "luogo di incontro o di riunione" nella lingua Seminole. Con i suoi 138 acri, è un parco urbano proprio nel centro della città con un anello asfaltato di due miglia condiviso convivialmente da camminatori, corridori, pattinatori, ciclisti e mamme che cullano i loro bambini nel passeggino. Anche a metà pomeriggio di un lunedì, era pieno di gente. Il parco ha molto da offrire: biciclette e barche a noleggio, campeggi e campi da gioco, basket, pallavolo e tennis, e più di una dozzina di rifugi per picnic per feste e barbecue. Ma la cosa migliore di T.Y. è Castaway Island, un grande parco acquatico con scivoli, piscine e una spiaggia.

Al liceo, lavoravo al chiosco durante l'estate e, nonostante il fatto che fosse bollente, brulicante di bambini e sempre pieno di gente, era la cosa più divertente che avessi mai fatto. Ma era perché non ero un bagnino, che era un lavoro estenuante e ad alta responsabilità. È incredibile come molti genitori pensino di non dover controllare i loro figli in acqua solo perché c'è un bagnino in servizio. Per circa 10 dollari all'ora, i nostri bagnini salvavano almeno cinque bambini al giorno dall'annegamento.

Il divertimento arrivava dopo la chiusura del parco alle cinque di pomeriggio. A quell'ora il personale poteva giocare sugli scivoli e nuotare nelle piscine. Era uno spasso! Ci piaceva ancora di più perché avevamo dovuto aspettare tutto il giorno. Non dovrebbe sorprendervi sapere che alcune storie d'amore sono iniziate durante i nostri giochi d'acqua quotidiani.

Mentre percorrevo l'anello, feci una deviazione verso Castaway Island. Sentire i bambini che strillavano e ridevano mi riportò a quelle fantastiche estati. Stavo lì, a sognare ad occhi aperti, quando qualcuno mi diede un colpetto sulla spalla.

"Jamie? Non posso crederci, sei identica! Non mi riconosci?"

"Ehm, mi dispiace, non sono sicura di riconoscerti", dissi al bellissimo ragazzo in piedi accanto a me. Era almeno mezzo metro più alto di me, con sorridenti occhi marroni, capelli sbiancati dal sole e così abbronzato che doveva aver passato molto tempo all'aperto. Studiai la sua faccia per trovare degli indizi; era davvero imbarazzante. E poi quasi crollai.

"Kip? Oh, mio Dio! Sei davvero tu! " La mia voce strideva, ero così felice di vederlo. "Scusa se non ti ho riconosciuto, cioè... sei cambiato così tanto. Quando sei diventato così alto?" Non riuscivo a smettere di sorridere. O di balbettare. Io e Kip eravamo una di quelle storie d'amore da parco acquatico di cui parlavo. Ero pazza di lui allora, e credo che lui provasse lo stesso per me, ma quando se ne andò al college, ci allontanammo. A volte pensavo ancora a lui, soprattutto quando passavo davanti al parco.

Prima che potessi dire un'altra parola, mi diede un grande abbraccio e mi sollevò da terra. Poi si mise a ridere e mi riportò giù.

"Sì, ho avuto uno scatto di crescita al college, sai?" Sorrise. "È fantastico vederti, Jamie! Come stai? Che mi dici di te?"

"Vediamo, mi sono laureata in letteratura inglese, mi sono resa conto di non avere alcuna abilità commerciabile, e poi sono andata alla scuola di legge. Ora sono un avvocato di diritto familiare qui a Hollywood. E tu?" Non riuscivo a smettere di fissarlo.

"Anch'io ho preso una strada lunga e tortuosa. Sono uscito dall'università con una laurea in economia, sono entrato direttamente nel mondo aziendale e l'ho odiato. Ho fatto marcia indietro, sono tornato a scuola e mi sono ritrovato con un lavoro che amo, lavorando all'aperto dove posso adorare la natura in tutta la sua gloria". Si fermò per calciare un pallone da calcio a un ragazzino, che rapidamente riprese il suo gioco.

"È fantastico!" Dissi. "Sei sempre stato fanatico della natura. Non posso credere che ci siamo incontrati qui, tra tutti i posti. Che possibilità c'erano?"

Rideva. "Direi che le possibilità erano molte".

"Cosa vuoi dire?"

"Dopo essermi laureato in gestione dei parchi e in silvicoltura, ho lavorato per il sistema dei parchi statali in California, finché non hanno fatto dei tagli al bilancio e ho perso il lavoro. Si è liberato un posto qui e ho fatto domanda. Da una settimana sono il nuovo direttore del dipartimento dei parchi. Quindi lavoro qui."

"Lavori in questo parco?" Chiesi, cercando di tenere l'eccitazione fuori dalla mia voce. Ero un'adulta ora; dovevo continuare a ricordarmelo.

"In realtà, mi occupo di tutti i parchi. Sto visitando ognuno di essi per fare delle valutazioni e ho pensato di iniziare con il mio preferito. Ma, dimmi di più di te, sei sposata? Hai figli?"

"No, e tu?" Doveva per forza essere sposato. E probabilmente aveva una dozzina di bambini bellissimi che gli assomigliavano.

"Sono stato fidanzato una volta per qualche mese, ma non ha funzionato. Neanche un figlio".

Qualcuno mi svegli! Ripensandoci, per favore non fatelo.

Rimanemmo lì, sorridendoci a vicenda, finché Kip mi prese la mano e disse: "Devo tornare al lavoro, ma mi piacerebbe recuperare un po' di tempo con te".

"Mi piacerebbe molto".

"Ti piace andare a cavallo, per caso? Devo andare al Tradewinds Park sabato prossimo, e hanno scuderie e sentieri per i cavalli".

"L'ultimo cavallo su cui sono stata era un pony quando avevo cinque anni, ma sembra divertente. Se non ti dispiace cavalcare con una principiante".

"Non preoccuparti, ti insegnerò io. Che ne dici di incontrarci lì all'una?".

"Perfetto! Non vedo l'ora, Kip".

"Anch'io. Ci vediamo, Jamie!" Un altro rapido abbraccio e se ne andò.

Ero frastornata dalla mia fortuna: era Kip! Avevamo un appuntamento! E allora? Se non so andare a cavallo, Kip mi insegnerà. Come avrei fatto ad arrivare a sabato? Mi chiesi. Sapevo che andare a un appuntamento non significava necessariamente qualcosa, ma ero felice in quel momento, e niente avrebbe potuto cambiarlo.

Tornai al parcheggio e trovai la mia macchina. Appena aprii la portiera, sentii un ronzio frenetico sotto il sedile. Avevo tre chiamate perse di Becca.

CAPITOLO 19

"Becca? Sono Jamie. Mi dispiace di non averti risposto."

"Va tutto bene", disse lei con una voce piatta e monotona.

"Ho parlato con il procuratore di Stato. Ti dirò cosa ha detto tra un minuto, ma prima ho bisogno di farti qualche domanda".

"Va bene".

Mi sono chiesta se fosse sotto farmaci, sembrava così robotica. Non avrebbe potuto sembrare meno interessata se avessimo parlato del tempo o delle Kardashian. Ero ancora al parco, seduta in macchina con i finestrini aperti. Se dovevo fare qualcosa di così spiacevole, potevo almeno godermi il paesaggio.

"Ti senti bene?" Chiesi. "Preferisci che richiami più tardi?".

"Va bene", intonò.

"Ok allora, quando è stata l'ultima volta che hai visto Joe?"

"In aula".

"Hai parlato con lui dopo?"

"No."

"Per cambiare argomento, hai una ricetta per i sonniferi, Becca?"

"Sì, 'Ambien'".

Sembrava ancora noiosa, quasi annoiata.

"Le prendi spesso?"

"Quando ne ho bisogno".

"Joe ha mai preso i tuoi sonniferi?"

"Sì."

Ok, ora stavamo facendo progressi.

"Quante volte l'ha fatto?"

"Non ne sono sicuro. Qualche volta".

"Sai come avrebbe fatto ad avere le tue pillole dopo essersi trasferito?"

"Non proprio".

"Potrebbe averne portate un po' con sé quando si è trasferito?"

"Immagino di sì".

"C'è Charlie? Ti dispiacerebbe passarmelo un minuto?"

La sentii passargli il telefono.

"Ciao Jamie", disse lui.

"Ciao Charlie, Becca sta bene? Non sembra stare bene. Ho bisogno di parlarle di alcune cose importanti e non so se sta, be', prestando attenzione".

"Sì, quando è troppo stressata, è come se si spegnesse. Tornerà presto alla normalità".

Mi ricordai che si era comportata allo stesso modo nell'atrio del tribunale, dopo la sua udienza. Forse questo avrebbe reso il mio lavoro più facile.

"Per favore, chiedi a Becca se mi dà il permesso di parlarti della sua situazione".

Lo sentii chiedere e sentii lei acconsentire.

"Ok, Charlie, le cose stanno così: l'ufficio del procuratore vuole interrogare Becca come parte dell'indagine sulla morte di

Joe. Dobbiamo prendere un appuntamento e ho intenzione di andare con lei. Probabilmente ad un certo punto vorranno parlare anche con te, immagino. Mi dispiace, ma non sarei in grado di rappresentare sia te che Becca, a causa di un potenziale conflitto di interessi, ma ti consiglierei vivamente di rivolgerti a un avvocato. Se non puoi permettertelo, puoi chiedere di nominarne uno d'ufficio".

"Va bene, capisco. Le dirò tutto quello che hai detto", disse, nel suo solito tono placido.

"Mi fai chiamare da lei?"

"Certo."

Mi venne in mente, dopo aver riattaccato, che Charlie non aveva mostrato più emozioni di Becca, anche dopo che gli avevo detto che il procuratore avrebbe potuto interrogarlo sul marito morto della sua ragazza. C'era qualcosa di strano in Charlie, ma non riuscivo a capirlo.

CAPITOLO 20

Non avevo detto a Charlie del suggerimento di Susan Doyle di assumere un investigatore privato. Come ho detto, c'era un potenziale conflitto di interessi, e il mio obbligo era verso Becca - specialmente se l'investigatore privato, alias Duke, pensava che valesse la pena indagare su Charlie. Decisi di prendere la via più facile questa volta e mandare un'e-mail a Becca, dato che non avevo avuto molta fortuna a parlare con lei al telefono. Dio sa che ci avevo provato.

Ero a casa da un po' e avevo appena finito di nutrire me e il gatto. La mia cena era una pizza congelata, la sua era una miscela umida e puzzolente di chissà cosa che i gatti sembrano apprezzare. Eravamo entrambi contenti della nostra scelta.

Dopo aver poltrito un po', leggendo le notizie online e giocando a "Words with Friends" con Grace (da quando 'suqs' è una parola?), inviai una e-mail a Becca:

Ciao Becca, ho chiamato una mia amica per un consiglio sulla tua situazione e lei crede che sarebbe nel tuo interesse assumere un investigatore privato per indagare sulla morte di Joe. Sono d'accordo con lei. Ho un investigatore privato di cui mi servo che è molto bravo e ha un prezzo ragionevole. Si fa pagare 75 dollari all'ora e richiede un anticipo di 500 dollari. Hai dei soldi lasciati sul mio conto fiduciario dal tuo caso di divorzio che potresti usare per prenotarlo, ma dovresti firmare il suo contratto di anticipo. **Vuoi farlo?** *Inoltre, dobbiamo prendere un appuntamento con il procuratore di stato. Per favore, dimmi quando sei disponibile e fisserò l'appuntamento.*

Nel giro di due minuti ricevetti una risposta.

Ciao Jamie, puoi portarti avanti e assumere l'investigatore. Puoi mandarmi per email il suo accordo? Posso venire con te dall'avvocato di stato qualsiasi mattina dopo le otto e mezza, ma non posso andare nel pomeriggio perché devo andare a prendere le ragazze a scuola. Grazie per tutto quello che stai facendo per me. Mi dispiace di essere un tale disastro.

Almeno sembrava di nuovo normale. Scrissi rapidamente a Duke che stavamo andando avanti, e gli chiesi di mandarmi via e-mail il suo contratto da far firmare a Becca. Mi rispose subito.

-Ehi, signora avvocato, di cosa stai parlando? Quale contratto?

-Sai, come quando la gente ti assume? Risposi al messaggio.

-Mi baso su una stretta di mano, cara. Nessuna lamentela, purché io porti a termine il lavoro.

-*Forse perché ti procuri gli affari dai tuoi compagni di bar. E attraverso quel cartellone che la tua ex ha comprato dicendo al mondo cosa pensava di te.*

-*Questo mi ha procurato degli affari, vero? Mi è servito, dopo tutti gli alimenti che ho pagato a quella donna.*

-*Be', questa volta ti servirà un contratto, caro. O non sgancerò i soldi dal mio conto fiduciario. E non posso redigerlo per te perché Becca è mia cliente. Che ne dici se ti mando il mio contratto standarde tu puoi fare un copia e incolla da quello.*

-*Sai, per essere un avvocato, non sei male.*

-*Anche tu.*

Dopo aver inviato a Duke via e-mail il mio accordo standard, mi versai un bicchiere di vino e mi rilassai sul divano. Con mia grande costernazione, c'era una molla che mi pungeva nel didietro e che prima non c'era. È ora di un nuovo divano! Voglio dire, come potevo godermi il mio "tempo di qualità sul divano" se non avevo un divano che fosse all'altezza del compito? Non avevo cambiato nulla da quando avevo ereditato la casa quasi due anni fa, quindi forse era il momento, ma di sicuro non avevo bisogno di un altro progetto in questo momento. Nel frattempo, dovevo solo scivolare fino alla parte del divano libera da punture, dove potevo rilassarmi, sorseggiare il mio vino e chiedermi chi avesse ucciso Joe Solomon.

CAPITOLO 21

UN BAGEL PUÒ COMPRARE MOLTA BUONA VOLONTÀ. L'ho scoperto martedì quando ho chiesto a Lisa di farmi un favore chiamando l'ufficio del procuratore. Non solo l'ha fatto immediatamente, ma l'ha fatto con un sorriso. Chi sapeva che era tutto quello che serviva?

Dopo che Lisa ebbe organizzato tutto, mandai un'e-mail a Becca per dirle che l'appuntamento era giovedì mattina e per chiederle di venire mezz'ora prima per prepararsi. Mi rispose subito per confermare. Mi ringraziò anche per essermi offerta di partecipare al funerale di Joe, che sarebbe stato sabato mattina, ma mi chiese di non andare. Sarebbe stato già abbastanza difficile per i genitori di Joe vedere lei lì; sarebbe stato molto peggio se ci fosse stato il suo avvocato divorzista.

Non ci avevo pensato bene, ma aveva ragione: è ovvio che non avrei dovuto essere lì. Non è che volessi andarci fin dall'inizio (nessuno *vuole* andare a un funerale), e ora che avevo un appuntamento con Kip sabato, tutto si era risolto perfettamente.

Scorrendo il resto delle mie e-mail, vidi che Duke aveva

invito il 'suo' contratto per Becca. Lo lessi per vedere se aveva senso ed era a posto, niente male, così lo inoltrai a Becca per la sua firma. Una volta rispedito, avrei potuto pagare Duke dal conto fiduciario e lui avrebbe potuto iniziare il suo caso.

Stavo arrancando con il lavoro alla scrivania quando sentiiun ronzio familiare. Era un messaggio di Grace che mi chiedeva se volevo incontrarla per pranzo. Aveva deposizioni in programma tutto il pomeriggio a Hollywood, dietro l'angolo del mio ufficio. Inoltre, aveva delle notizie per me, disse. Be', anch'io avevo delle novità per lei. Eravamo d'accordo di incontrarci da Exotic Bites su Harrison Street, dato che entrambe avevamo voglia di falafel, e i loro erano i migliori in città. Quindi fu un gioco da ragazzi: hummus a mezzogiorno su Harrison Street.

Stavo studiando i narghilè al narghilè bar quando Grace entrò nel ristorante.

"Ciao, mio avvocato aziendale preferito", dissi, dandole un bacio sulla guancia. "Sei favolosa, come sempre".

"Cosa, questa vecchia cosa?" Disse con una risata, indicando la sua tuta rossa di Anne Klein che le stava alla perfezione. Non tutte possiamo indossare Anne Klein come fa Grace, ma alcuni di noi preferirebbero comunque indossare pantaloni della tuta. Come me, per esempio.

Mentre ci sedevamo, mi ricordai improvvisamente di qualcosa.

"Ehi, ti va bene mangiare qui? O dovrai masticare antiacido per il resto della giornata?".

"Starò bene", disse. "Ne ho bisogno solo quando ho a che fare con quel cliente che mi stressa. Il cibo non mi dà fastidio, solo lui. Non vedo l'ora che quel caso sia finito."

"Ci scommetto!" Capivo i clienti difficili. Ne ho avuto qualcuno anch'io.

Fimmo le prime ad arrivare, quindi ordinammo il cibo

velocemente. I Falafel sono davvero disordinati e faticammo non far cadere il cibo sui vestiti.

Solo quando stavamo sorseggiando il caffè e dividendo una baklava, Grace disse: "Non vuoi sapere qual è la mia novità? Non è da te essere così paziente. Ti senti bene?"

Risi. "Forse sto voltando pagina. Le persone possono cambiare, sai".

"Neanche per sogno. Cosa sta succedendo davvero?" Grace sembrava scettica, ma io tenni la faccia inespressiva il più a lungo possibile.

"Ok", dissi poi, "te lo dirò. Ho un appuntamento sabato".

"Non ci credo! Chi è il fortunato? Lo conosco? Mi hai nascosto qualcosa, Jamie. Sputa il rospo!"

"Be', è meraviglioso e totalmente adorabile, e andremo a cavalcare al Tradewinds Park."

Grace sembrava esasperata. "Ma come vi siete conosciuti? Come si chiama? Aspetta...hai detto a cavallo? E' una buona idea? Voglio dire, non sei la persona più atletica. Senza offesa."

"Non preoccuparti. Kip ha detto che mi avrebbe insegnato" dissi, aspettando la reazione di Grace.

"Kip"? Come, Kip Simons, il tuo ragazzo del liceo? Come diavolo...?"

"Adoro quando sei senza parole!" Dissi, ridendo. "In realtà l'ho incontrato a T.Y. Park, è il nuovo direttore del dipartimento Parchi! Non è fantastico? All'inizio non l'ho riconosciuto, ma siamo andati subito d'accordo".

Grace scosse la testa. "Incredibile! Ma cosa stavi facendo a T.Y. Park? Cercavi di riavere il tuo vecchio lavoro?"

"Molto divertente! Facevo esercizio, sappilo. Lo faccio ogni tanto".

"Sono così felice per te, Jamie, davvero. Ed era ora. Ora posso darti consigli sulla tua vita amorosa! Non vedo l'ora".

"Aspetta, Grace. Non ho ancora una vita amorosa. Ma vai avanti, dammi qualche consiglio".

"Ok, ho tre parole per te".

"Prendila con calma"? Provai a indovinare.

"No", disse lei ridendo, "Metti un casco. Ti vedo già cadere da cavallo!"

"Sì", dissi, "anch'io".

CAPITOLO 22

"Ok, Jamie, questa era una bomba, ma posso superarla. Vuoi sentire la mia notizia adesso?" Chiese Grace, chinandosi in avanti. Era molto emozionata.

Annuii. Non potevo immaginare cosa stesse per dire, ma improvvisamente avevo le farfalle nello stomaco.

"Ho parlato di tuo padre al mio amico del consolato di Washington", disse Grace. "E lui ha fatto delle ricerche per me".

Mi sedetti, attorcigliando il tovagliolo, aspettando la notizia.

Grace raggiunse il tavolo e mi strinse le mani. "È vivo, Jamie!"

"Oh, mio Dio, mio padre è vivo!" Ero così sopraffatta che pensavo di svenire o di vomitare. Le mie mani tremavano e le lacrime mi scorrevano sul viso.

"Ecco cosa è successo, non crederai a questa storia! Tuo padre è fuggito da una prigione cubana nel 2005 e ha nuotato fino a una base navale degli Stati Uniti dove ha aspettato quattro anni per ottenere asilo politico. Quando non gli è stato concesso, lo hanno fatto volare in Nicaragua con altri quindici cubani. Il mio amico ha chiamato qualcuno che conosce al consolato del Nicaragua che ha mosso qualche filo e ha scoperto che tuo padre è ancora in Nicaragua. Stanno cercando di trovarti un indirizzo, Jamie; devi solo tenere duro. Non è assolutamente fantastico?! "

Praticamente saltai oltre il tavolo per abbracciare Grace. Ridevamo e piangevamo come due matte. Una vita di dolore per la perdita di mio padre sembrò sciogliersi in un istante. Mi sentivo senza peso, come una ballerina a mezz'aria o un palloncino che sta per volare via.

Una donna ad un altro tavolo vide il mio sguardo e sorrise, la nostra gioia era contagiosa. Si girò verso la cameriera che prendeva l'ordine e scherzò: "Prend quello che hanno preso loro".

CAPITOLO 23

La mia euforia durò tutto il giorno e volevo condividere la notizia con qualcuno. Pensai di chiamare zia Peg, ma poi decisi di non farlo. Lei è così pragmatica, avevo paura che iniziasse a fare domande difficili come: come facevo a sapere che mio padre voleva avere notizie di me? Non tutti avrebbero accolto bene la notizia di una figlia avuta in una vita passata. E, volevo davvero conoscere i dettagli della sua tragica vita? E se avesse avuto bisogno di un aiuto che io non potevo dargli? Non mi sarei sentita peggio di prima? Quindi, non la chiamai. ChiamaiDuke, invece.

"Ehi Duke, come va?"

"Non potrebbe andare meglio, cara. Il mondo gira, il sole splende e io ho un appuntamento bollente stasera. E tu? Siamo pronti ad andare con il mio nuovo cliente preferito?"

"Sì, è così. Ti manderò via e-mail un riassunto e le informazioni per contattare Becca. Ho anche delle novità".

"Spero siano buone notizie. Non vorrei che uccidessi la mia allegria".

"Sii serio, Duke, niente potrebbe uccidere la tua allegria!" Risi.

"Mi hai beccato". Ridacchiò.

"Allora, ecco la mia grande notizia, sono vicina a trovare mio padre! Vive in Nicaragua e Grace sta lavorando per ottenere il suo indirizzo per me. Non è fantastico?"

"È fantastico, Jamie. Sono molto felice per te", disse Duke, in modo scialbo.

"Allora perché non sembri felice?". Chiesi, perplessa per la sua reazione.

"Immagino che tu abbia pensato che Grace potesse aiutarti più di me. Nessun problema."

Povero Duke! Avevo ferito il suo orgoglio. Posso essere così stupida, a volte. Come potevo rimediare?

"Ma è stata la tua pista a renderlo possibile, Duke. Grace ha rischiato e ha chiamato un amico al consolato cubano che è stato in grado di rintracciare mio padre - ma solo perché tu hai fatto il lavoro di base. È per questo che ti sto chiamando per primo.

"Davvero mi hai chiamato per primo?" Potevo sentire il suo sorriso attraverso il telefono.

"Certo! Non avrei potuto trovarlo senza di te. Sei il migliore!"

"Sì, lo sono, vero? Tienimi aggiornato su questo. Voglio essere il primo a stringere la mano del vecchio".

"Vuoi solo conoscerlo per i sigari cubani".

"Cosa c'è di male?" Si mise a ridere. "Congratulazioni, Jamie, dico sul serio. Ora, che ne dici di un po' di informazioni su Becca Solomon?"

Lo informai di tutto, compreso l'imminente appuntamento con il Procuratore di Stato, ma gli chiesi di non parlare con Becca fino a dopo il funerale di sabato, e lui accettò.

Dopo la nostra telefonata, inviai a Duke l'anticipo firmato

da Becca, così come altre informazioni di cui aveva bisogno. Non ci volle molto, dato che gli avevo già fatto un riassunto al telefono. Quando ebbi finito, tirai fuori il file di uno dei miei altri casi perché, che ci crediate o no, avevo più di un cliente, e c'era un'udienza fissata per il giorno dopo per cui dovevo prepararmi. Fu un sollievo concentrarsi su qualcosa di banale e dimenticare Becca Solomon per un po'.

CAPITOLO 24

Il mercoledì passò senza problemi. La mia udienza andò liscia, al mio cliente fu concesso il sollievo che stava cercando e io mi sentiibene ad essere un avvocato di famiglia. Ehi, succede. Poi arrivò giovedì e arrivò il momento di incontrare Becca. Fui sollevata nel vedere che era vestita in modo appropriato con un abito grigio antracite e che sembrava essere sveglia e con la testa a posto. Non avrei potuto sopportarlo se si fosse trasformata di nuovo in uno zombie.

"Come ti senti, Becca?" Chiesi, una volta sedute al mio piccolo tavolo da conferenza.

"Sto bene. Voglio farla finita". Stava facendo rimbalzare la gamba sotto il tavolo. La sua energia nervosa doveva sfuggire in qualche modo.

"Anch'io". Sorrisi, rassicurante. "Devi prepararti mentalmente, perché sarà dura, non ti mentirò. Il procuratore di stato ti farà un sacco di domande - su Joe, sulla vostra relazione, sul tuo uso di sonniferi, su qualsiasi cosa gli venga in mente. E cercherà di farti innervosire fino a farti scoppiare emotivamente".

Sembrava in preda al panico. "Cosa devo fare?"

"Questa è la parte facile. Dopo aver fornito il tuo nome e indirizzo, non risponderai a nessuna domanda. Invece, dirai questo: "Mi rifiuto di rispondere sulla base del fatto che potrebbe incriminarmi.""

"Cosa? Stai scherzando? Questo mi farà sembrare una criminale e io non ho fatto niente di male! Da che parte stai, Jamie?"

"Calmati, Becca. Sono dalla tua parte e nessuno ha detto che hai fatto qualcosa di sbagliato. Ho parlato con un eccellente avvocato penalista, Susan Doyle, e mi ha consigliato di procedere in questo modo. La ragione è che qualsiasi cosa tu dica oggi può essere distorta, estrapolata dal contesto e usata contro di te, e noi non vogliamo dar loro nulla che possano usare. Se pensano di avere un caso contro di te, lascia che lo provino. Falli andare a cercare le prove. Altrimenti, possono andare all'inferno, ok?"

Fece un respiro profondo e lo lasciò uscire. "Ha senso, credo. Mi dispiace di averti urlato contro, ho i nervi a pezzi." Mi fece un sorriso malinconico e io le diedi una pacca sul braccio.

Poi mi rivolse uno sguardo perplesso. "Ma perché non te ne vai e basta, che senso ha restare senza rispondere alle loro domande?"

"Così possiamo scoprire qual è il loro gioco", risposi. "Ricordati solo di non dare loro nessuna reazione a nulla. Capito?"

"Capito".

Guidammo in silenzio per la breve distanza fino all'ufficio del procuratore di stato, ognuna di noi assorta nei propri pensieri. Mi stavo anche preparando mentalmente alla resa dei conti con Nick Dimitropoulos. Se Becca si fosse attenuta al copione, tutto sarebbe andato bene, ma non mi fidavo di Nick. I trucchi sporchi erano la sua specialità, e il diritto penale non era certo il mio.

Fummo introdotte in una stanza scialba dove tutto era marrone, il tappeto, il tavolo, le sedie. Anche le pareti erano beige. Sembrava una stanza dove la speranza va a morire. Ci sedemmo e aspettammo. Passò un buon quarto d'ora prima che il principe del sarcasmo in persona entrasse nella stanza.

"Buongiorno, signora Quinn, *signora* Solomon". Stava già iniziando i suoi giochi di testa con Becca.

"Ciao, Nick". Dissi. Becca annuì, ma non disse nulla.

"Grazie per essere venuta", disse lui. "Le ho chiesto di fare una dichiarazione sulla morte di Joe Solomon. Tutto quello che dirà sarà registrato e potrà essere usato contro di lei in tribunale. Ha capito signora Solomon?"

Becca annuì di nuovo.

"Devi rispondere in modo udibile, per il verbale".

"Sì", disse lei. "Capisco."

"Vedo che ha scelto di portare con sé un avvocato, è corretto?"

"Sì."

"Per favore, dica il nome del suo avvocato".

"Jamie Quinn".

"Per favore, dica il suo nome e indirizzo".

"Rebecca Solomon. 3700 S. 37th Court, Hollywood Hills, Florida".

"Lei crede che suo marito si sia suicidato, signora Solomon?"

"Non lo so", rispose lei. La guardai male e lei si mosse per l'insofferenza. Era già fuori copione!

"Lei crede che suo marito sia stato assassinato?"

"Mi rifiuto di rispondere perché potrebbe incriminarmi", disse, come se ogni parola le bruciasse la bocca mentre usciva.

"Interessante", commentò Nick.

"Conosce qualcuno che potrebbe aver ucciso suo marito?"

"Mi rifiuto di rispondere perché potrebbe incriminarmi". Becca era molto pallida e si contorceva sulla sedia.

Nick si fermò a sfogliare le sue carte, come se avesse avuto tutto il tempo del mondo.

"Aveva qualche motivo per uccidere suo marito?"

"Mi rifiuto di rispondere perché potrebbe incriminarmi".

"Non era nel bel mezzo di un brutto divorzio quando suo marito è morto?"

"Mi rifiuto di rispondere perché potrebbe incriminarmi". Le lacrime scorrevano sul viso di Becca.

Nick cambiò strategia.

"Non è vero che ha una ricetta per dei sonniferi?", chiese.

"Mi rifiuto di rispondere perché potrebbe incriminarmi".

"È consapevole che suo marito Joe è morto per un'overdose di alcol e sonniferi?"

"Mi rifiuto di rispondere sulla base del fatto che potrebbe incriminarmi". Becca cominciava a ondeggiare instabilmente sulla sedia.

Nick posò i suoi fogli e guardò Becca negli occhi. "Hai idea di come i suoi sonniferi siano finiti a casa di Joe? *In un flacone di aspirine?*"

Becca si lasciò sfuggire un urlo prima di gridare: "Oh mio Dio! No-no-no!"

E poi è svenne.

CAPITOLO 25

Presi Becca prima che cadesse dalla sedia, mentre l'assistente di Nick correva a prendere dei sali. Non appena ne aprì uno, il potente odore di ammoniaca pervase la piccola stanza, causandomi un attacco di tosse. Un'ondata di quella bomba puzzolente in miniatura sotto il naso fu sufficiente a rianimare Becca e lei si mise a sedere, con l'aria stordita, come se non ricordasse dove si trovava.

Lanciai un'occhiata a Nick. "Abbiamo *finito qui*. E spero che tu sia orgoglioso di te stesso!"

"Sai qual è il tuo problema, Quinn?", chiese. "Prendi tutto così sul personale. Sei sicura che non sia tua cugina?"

"Posso prendere le cose sul personale, ma almeno non ho perso la mia compassione. Una volta persa quella, Nick, cosa rimane?"

"Un avvocato dannatamente bravo, ecco cosa", disse, e uscì dalla stanza.

Aiutai Becca ad alzarsi e, una volta che fu stabile, la guidai verso la porta. Prima di lasciare l'edificio, insistetti che bevesse un po' d'acqua dalla fontana nel corridoio. Per fortuna, arrivammo al parcheggio senza incidenti e la sistemaisul sedile del passeggero.

"Ti senti meglio ora?" Chiesi, mentre avviavo la macchina.

"Sì, grazie. Non ricordo cosa è successo, però".

"Il Procuratore di Stato ti stava facendo delle domande quando sei svenuta. Ti ricordi cosa ti ha chiesto che ti ha fatto arrabbiare così tanto?". Sapevo che era una domanda rischiosa, ma almeno era in un posto sicuro.

"Mi dispiace, Jamie, non lo so".

"Va tutto bene, non preoccuparti", dissi, chiedendomi se Becca fosse sincera. Sembrava esserlo. O era un'attrice straordinaria, o aveva la capacità di bloccare istantaneamente gli eventi traumatici. In ogni caso, era curioso. A volte rimpiangevo di non essermi laureata in psicologia; sarebbe stato affascinante imparare come funziona la mente.

Non mi sentivo a mio agio a lasciar guidare Becca, così la convinsi a lasciare che l'accompagnassi a casa; lei e Charlie avrebbero potuto prendere la sua macchina più tardi. La portai a casa sua e poi presi Charlie da parte per dirgli che Becca era svenuta e di tenerla d'occhio. Come al solito, fu amabile e disponibile e disse che si sarebbe preso cura di lei. Mi chiesi cosa ci volesse per far arrabbiare Charlie, ma non riuscivo a immaginarmelo. Nessuno poteva essere sempre così calmo, nemmeno Madre Teresa o il Dalai Lama.

Mentre tornavo in ufficio, chiamai Duke.

"Ehilà", dissi, "ho appena lasciato l'ufficio del Procuratore di Stato con Becca ed è successo qualcosa di interessante che ho pensato dovessi sapere".

"Non è strana la vita? Anch'io ho qualcosa da dirti. Prima le signore".

Descrissi il bizzarro episodio a cui avevo assistito e gli chiesi cosa pensava significasse.

"Be', sembra che la nostra Becca si senta in colpa per quei

sonniferi nel flacone dell'aspirina. Ma sembra anche che sia stata sorpresa di saperlo. Direi che è una buona notizia, se non fosse per l'altra cosa, il suo black-out. Penso che sia possibile che sia lei l'assassina, ma che non ricordi nulla!"

"Ma quando avrebbe avuto l'opportunità di uccidere Joe?"

"È quello che stavo per dirti, Jamie. Sono andato a casa di Joe, che è un condominio di lusso con tutti i tipi di sicurezza e una guardia seduta nell'atrio per controllare i visitatori. Io e lui ci siamo messi a parlare, sai come va, e mi ha mostrato la lista dei visitatori di Joe. Si scopre che Charlie Santoro ha fatto visita a Joe il giorno in cui è morto. Ma la cosa ancora più interessante era l'altro visitatore, una donna. Secondo la guardia, questa stessa donna faceva visita ogni giovedì mattina e si fermava un po', se capisci cosa intendo".

"Wow! Come si chiamava?"

"Questo ti piacerà - ha *detto che si chiama Jamie Quinn!*"

"Ma che diavolo? Stai scherzando, vero?"

"Vorrei tanto, cara. Gli ho chiesto di descrivere questa donna misteriosa e non sembrava affatto te".

"Certo che non ero io!". Ero furiosa che qualcuno usasse il mio nome in quel modo.

Duke si mise a ridere. "Sei divertente quando sei arrabbiata".

"Dai, Duke, mi stai uccidendo. Chi era?"

"Odio dirtelo, Jamie, davvero, ma è stata Becca."

CAPITOLO 26

Sussultai per l'incredulità: Rebecca e Joe andavano a letto insieme! Non riuscivo a farmene una ragione.

"Era qualcosa tipo amore/odio", dissi.

"Non c'è modo di capire la gente", disse Duke, "Così ho smesso di provarci molto tempo fa. Una cosa è vera però, quando si tratta di sesso o di soldi, tutte le scommesse valgono".

Avevo parcheggiato davanti al mio ufficio, ma ero rimasta in macchina. La mia mente correva.

"Sappiamo perché Charlie è andato lì, perché mi ha detto di non aver visto Joe."

"Sì, la guardia ha detto che ha portato un mucchio di roba per bambini e l'ha data a Joe nell'atrio. Non è salito nell'appartamento", disse Duke.

"Deve essere stata la roba per la visita del venerdì con le bambine, ma ha comunque mentito su questo. E, da quello che dici, sembra che Becca abbia avuto molte occasioni per nascondere un flaconedi aspirina piena di Ambien a casa di Joe".

"Sì."

"Ma allora perché era così sconvolta quando Nick le ha chiesto del flacone di aspirine?". Chiesi.

"Coscienza sporca? Sto solo tirando a indovinare".

Confessai a Duke che non sapevo cosa fare dopo. Becca era la mia cliente e avevo l'obbligo etico di non agire contro i suoi interessi. Ma, per come mi sentivo ora nei suoi confronti, la mia unica scelta era quella di ritirarmi dal caso e tagliare tutti i ponti. Direi che avevamo delle differenze inconciliabili, di sicuro.

"Be'", disse Duke, "spero non ti dispiaccia se resto sul caso. Sono stato assunto per trovare prove che possano scagionare Becca, e non ho finito di cercare. Non ho ancora guadagnato i miei soldi, è quello che sto dicendo".

"Certo che dovresti rimanere. E sono sicuro che Susan Doyle accetterà ancora di rappresentare Becca, se e quando le accuse saranno presentate. Cavolo, se rappresentasse solo persone innocenti, dovrebbe chiudere i battenti. Sai, Duke, Susan potrebbe essere una grande fonte di affari per te. Ha chiesto espressamente di te per questo caso".

"Davvero? Be', alleluia per questo! "

"Un consiglio?"

"Sì, cosa?"

"Non provarci con lei, e non farle sapere che conduci tutti i tuoi affari da un bar", scherzai.

"Beccato!" Rise. "E grazie per gli affari. Sapevo che un giorno mi avresti presentato a tutte le avvocatesse sexy della città".

"Ciao, Duke. E buona fortuna. "

"Penso che ne avrò bisogno", disse.

Mi sentivo malissimo per Becca, e non perché poteva aver ucciso suo marito, ma perché ero stata ingannata. Avevo lavorato così duramente per lei, e per tutto il tempo mi aveva mentito. Odiavo davvero pensare che Nick avesse ragione, che prendessi le cose troppo sul personale e che il mio senso di compassione fosse un ostacolo. Ad essere onesti, non sapevo più cosa pensare.

Passai il resto del pomeriggio in una nebbia, alla mia scrivania, prendendo appunti, scrivendo lettere e rispondendo a telefonate. Ho persino mangiato alla mia scrivania, ordinando del cibo piuttosto che uscire di nuovo. Fu un sollievo vedere che avevo una mediazione in programma per il giorno successivo. Giocare a fare il mediatore è stato davvero piacevole, perché si trattava di risolvere i problemi in modo creativo, senza bisogno di preparazione. Era molto soddisfacente aiutare le coppie a risolvere le loro divergenze in modo civile. E non uccidendosi a vicenda.

CAPITOLO 27

IL VENERDÌ MATTINA VOLÒ; ERO COSÌ PRESA DAL PROCESSO
di mediazione. Queste sessioni sono confidenziali, quindi non
posso dirvi i dettagli, ma posso dirvi che tutte le questioni
principali furono risolte nella prima mezz'ora. E poi ci sono
volute altre cinque ore per risolvere le cose più importanti.
Come si dice, il diavolo è nei dettagli.

C'è sempre una cosa che blocca il processo proprio alla fine,
ed è qualcosa che sembra stupido al resto di noi. Una volta è
una collezione di DVD, un'altra volta un microonde, questa
volta un'arpa. Sono arrivata a capire che non è l'oggetto che
conta, ma ciò che rappresenta. È un simbolo dell'ultima
concessione che faranno mai, dell'ultimo litigio che avranno
mai, dell'ultima connessione tra loro. Allontanandosi da
quell'oggetto banale, devono affrontare la fine del loro
matrimonio e di tutte le speranze e i sogni che una volta
avevano insieme. È dura.

Ora, so che non è un lavoro manuale, ma la mediazione può
essere piuttosto estenuante. Anche se mi piace, non potrei farlo
tutti i giorni. Ecco perché passai il resto del pomeriggio a

smanettare, navigando su Internet e chiacchierando con i miei compagni d'ufficio. Decisi di fare una ricerca sull'equitazione per avere un vantaggio (ah ah ah) sul mio grande appuntamento con Kip, che era a meno di ventiquattro ore di distanza. Quello che cercavo erano consigli su come farlo, quello che trovai fu questo:

L'infortunio più comune è la caduta da cavallo, seguita da calci, calpestio e morsi. Circa 3 lesioni su 4 sono dovute alla caduta, in senso lato. Un'ampia definizione di caduta spesso include lo schiacciamento e il lancio da cavallo, ma se riportato separatamente ognuno di questi meccanismi può essere più comune dell'essere preso a calci.

Grazie Wikipedia!

So che ho detto che volevo lasciare la mia zona di comfort, ma questo non è esattamente quello che avevo in mente. Pensavo fosse chiaro che non salterò mai da un aereo perfettamente funzionante; non mi immergerò mai nell'oceano con una bombola di ossigeno sulla schiena solo per vedere dei bei pesci; e non andrò mai a fare un safari dove posso essere mangiato dagli animali selvatici.

Stavo cominciando a spaventarmi, ma poi mi ripresi. Dopo tutto, non stavo andando a un rodeo; stavo andando in un parco della contea. Se fosse stata un'attività pericolosa, non ci sarebbe stata l'equitazione. (Pensa ai problemi di responsabilità!) E sapevo che Kip mi avrebbe tenuto al sicuro. Era il bagnino che aveva salvato il maggior numero di bambini dall'annegamento a Castaway Island, quindi, evitare che un'amica scoordinata cadesse da un cavallo sarebbe stato facile per lui. Sono felice di avere un lato razionale, perché se il lato fifone e pauroso prendesse il sopravvento, passerei il resto della mia vita a nascondermi sotto le coperte. Seriamente.

Avevo un appuntamento alle cinque per una pedicure (così le mie dita dei piedi sarebbero state belle prima che il cavallo le calpestasse), e mi stavo preparando ad uscire quando chiamò Grace.

"Ehi Gracie, cosa c'è di nuovo?"

"Jamie, ho appena parlato al telefono con il mio amico al Consolato, e non ci crederai. Tuo padre ha una richiesta di visto in sospeso per venire negli Stati Uniti! È in sospeso da più di due anni, ma comunque c'è".

"È incredibile! Ma come è possibile? Pensavo che solo un cittadino americano potesse presentare una petizione a nome dei suoi parenti. Qualcuno avrebbe dovuto fare domanda a suo nome... giusto?".

"Qualcuno l'ha fatto, Jamie".

"Chi era?"

"Sua moglie".

CAPITOLO 28

Mi sedetti, col telefono in mano. Non sapevo cosa dire. Ero così preoccupata per la reazione di mio padre alla notizia di avere una figlia che non avevo considerato che forse aveva già una famiglia, una famiglia che era completa senza di me.

"Jamie, tesoro? Sei lì?" Chiese Grace.

"Sì, sono qui. Scusa, stavo pensando."

"Be', è una grande sorpresa, ma è comunque una buona notizia, giusto?"

"Sicuramente", dissi. "È una notizia eccellente".

"C'è di più. La moglie di tuo padre vive a Miami. Il suo nome è Ana Maria Suarez, ho il suo numero. Potresti chiamarla."

"Um, non sono sicuro che sia un'idea saggia. Non vorrei rovinare il matrimonio di mio padre prima ancora di avergli parlato".

"Ottima osservazione. Perché non ci pensi e, nel frattempo, ti mando le sue informazioni di contatto. Ok?"

"Ok. Grazie mille, Grace!"

"Qualsiasi cosa per te. Ehi, se non sei impegnata il prossimo sabato mattina, vuoi fare volontariato con me in una banca del cibo?"

"Certo, naturalmente", dissi. Grace era una tale benefattrice.

"Fantastico! Ti darò i dettagli la prossima settimana. Divertiti con Kip domani, voglio un rapporto completo, capito?".

Risi. "Ti chiamo dal pronto soccorso".

"Che ottimista", disse Grace.

"Solo una realista".

Dopo aver riattaccato, mi sedetti alla mia scrivania, persa in una fantasticheria. Tutto era diventato così complicato ultimamente, e niente era come sembrava. Pensavo che Becca fosse una vittima, e ora sembrava che fosse lei la cattiva. Pensavo che mio padre mi avesse abbandonato, e invece si era scoperto che non sapeva nemmeno che esistessi. Pensavo che avrei potuto contattarlo se lo avessi trovato, e ora dovevo considerare i sentimenti di sua moglie. Avevo pensato che avesse bisogno del mio aiuto, ma ora sembrava che avesse tutto sotto controllo. Forse avrei dovuto smettere di pensare così tanto. Forse ero solo stanca per la mia mediazione. Forse una bella pedicure rilassante era proprio quello di cui avevo bisogno.

Venne fuori che lo era.

Era sabato mattina e stavo cercando di decidere cosa indossare per andare a cavallo. Dopo aver esaminato le limitate selezioni che il mio armadio aveva da offrire, optai per una camicia a maniche corte, jeans e scarpe da ginnastica. Ero troppo tesa ed emozionata per mangiare, così bevvi del caffè e misi in tasca una barretta di muesli per dopo. Erano solo le undici e mezza e non ci saremmo incontrati al parco fino all'una, quindi avevo del tempo da perdere. Improvvisamente mi ricordai che il funerale di Joe era stato quella mattina, il che mi fece pensare alle loro bambine. Poverine!

Il mio cellulare iniziò a squillare, il che mi fece scattare in piedi. Perché Duke stava chiamando? Avevamo appena parlato il giorno prima.

"Ho una storia per te!" disse, non appena risposi.

"Ciao anche a te".

"Cavolo, Jamie, è stato un gran bel funerale!"

"*Sei andato al funerale di Joe?* Perché l'hai fatto?" Ero sbalordita.

"Sono un investigatore, no? Tutti gli amici e la famiglia di Joe e Becca erano nello stesso posto - riesci a pensare a un modo migliore per me per ottenere delle risposte?"

"Immagino che in un certo senso abbia senso. Imbucarsi ai funerali mi sembra un po' esagerato, ma, ehi, è per questo che non sono un investigatore".

"Allora, senti questa, sto chiacchierando con gli amici di Joe prima della funzione - pensano che io sia suo cugino della Louisiana - e mi dicono delle cose interessanti..."

"Vai avanti".

"Dicono che la ragione per cui Becca e Joe si sono lasciati è che Joe era stufo delle sue pillole. Era davvero una fedele consumatrice: Xanax, Valium, Ambien, e così via. Qualsiasi cosa riuscisse a convincere il suo dottore a darle".

"Questo spiegherebbe la sua tendenza a trasformarsi in zombie, ma perché è importante?"

"Te lo dico io perché, signorina. Perché anche dopo aver detto a Joe che aveva smesso con le pillole, ha continuato a prenderle e non voleva che lui lo sapesse".

"Allora?"

"Allora, li nascondeva come uno scoiattolo in inverno. Credo di sapere dov'era uno dei suoi nascondigli... vediamo se indovini".

"No! Un flacone di aspirina!"

"Bingo!"

"Così, quando Joe è tornato a casa giovedì sera dopo aver bevuto troppo, ha preso due Ambien pensando che fossero aspirine, e non si è più svegliato."

"Oh mio Dio! Ma non sappiamo ancora come la bottiglia sia arrivata lì."

"No, non lo sappiamo".

"Wow! Sono sbalordita. Cos'altro hanno detto i suoi amici?". Chiesi.

"Be', hanno detto che il ragazzo, Charlie, aveva una madre alcolizzata e che ha sempre dovuto badare a lei".

"Questo spiega molte cose. È co-dipendente, ecco perché si prende cura di Becca e non si lamenta mai."

"Sì. Ora, chiedimi cosa è successo dopo". Disse Duke, improvvisamente serio.

"Cosa è successo dopo?"

"Becca è impazzita - urlando e piangendo senza senso, e poi è crollata e qualcuno ha chiamato i soccorsi. Quando i paramedici sono arrivati, è impazzita di nuovo. Hanno dovuto sedarla per farla entrare nell'ambulanza. Ho sentito che stavano per farle un TSO, qualunque cosa sia."

"È una valutazione psicologica involontaria dove possono trattenerti fino a 72 ore. Cosa pensi che le stia succedendo, è senso di colpa o dolore?"

"Chi può dirlo. Potrebbe anche trattarsi di problemi mentali o di abuso di droghe. O tutte queste cose."

"Che casino! Allora, dove sono le sue figlie adesso?". Chiesi.

"Sono andate a casa con i genitori di Joe. Ho già chiamato Susan Doyle e le ho detto quello che è successo. Mi ha chiesto di continuare a scavare, di cercare di scoprire come il flacone di aspirine sia finito a casa di Joe."

"Ha senso. Vorrei essere lì quando Nick saprà che il suo principale sospettato è nel reparto psichiatrico! Sono una persona malata, vero? Non rispondere. Comunque, Duke, ti stai certamente guadagnando i tuoi soldi, continua a fare un buon lavoro."

"Grazie, cara. Lo apprezzo molto. Allora, cosa fai in questa bella giornata?"

"Che tu ci creda o no, vado a cavallo. Ho un appuntamento".

CAPITOLO 29

Anche se T.Y. Park è uno dei miei parchi preferiti, Tradewinds Park è davvero il gioiello della corona. A quasi cinque volte le dimensioni di T.Y., è uno dei parchi più grandi della contea di Broward e ha più cose da offrire. Oltre ai soliti parchi giochi, rifugi e pesca, Tradewinds ha un modellino di treno a vapore, un campo da fresbee, una fattoria didattica e *Butterfly World*, un giardino tropicale con migliaia di farfalle vive, un museo degli insetti, un'area con i pappagallini, giardini botanici e diverse voliere, compresa la più grande voliera di colibrì a volo libero del paese. E non dimentichiamo le scuderie di cavalli, dove ero diretta.

Ero entusiasta di vedere Kip, ma preoccupata che potesse essere imbarazzante dopo tutti questi anni. Mentre eravamo ancora quegli adolescenti che si erano innamorati, allo stesso tempo, eravamo degli estranei. È più difficile quando si ha una storia insieme perché non si è più le stesse persone di una volta, per quanto lo si desideri. Ha senso tutto questo?

Ma tutto questo andò a farsi benedire nel momento in cui vidi Kip in piedi vicino alle stalle, il vento che giocava con i suoi capelli mentre accarezzava la criniera di un bellissimo cavallo nero. Indossava jeans logori, stivali lunghi e una maglietta dei Rolling Stones, la stessa che aveva comprato quando mi aveva portato a vedere gli Stones a Miami tanti anni prima. Ci eravamo divertiti tanto a quel concerto! Che ne die di questo Kip? Stava già segnando dei punti con me, e non mi aveva nemmeno salutato.

Quando mi vide, mi fece un grande sorriso.

"Ehilà, Jamie. Come va? Pronta a cavalcare i sentieri?"

"Sono pronta a fare a pezzi qualcosa". Dissi con una risata.

"Ok, cominciamo. Vuoi conoscere il tuo cavallo? Questa è Star. È molto gentile e conosce la pista da cima a fondo".

"Come posso fare amicizia con lei, corrompendola con del cibo? Il cioccolato di solito funziona con me."

Kip sorrise e i suoi occhi marroni si illuminarono. "Dovrò ricordarmelo. Ora, è così che ci si presenta a un cavallo. Si chiama 'stretta di mano del cavaliere'. Offrile il dorso della mano da annusare e poi accarezzala sul naso o sulla testa".

Mi avvicinai al cavallo nervosamente (naturalmente) e feci come Kip aveva detto. Una volta che ebbe posato il naso contro la mia mano, mi sentii rilassata. Poi Kip mi ha spiegò le basi: come montare a cavallo; dove mettere i piedi nelle staffe (solo un terzo della lunghezza, in modo da non rimanere appesi in caso di caduta!); come tenere le redini (non troppo allentate); e come sedersi in sella (la spalla, l'anca e il tallone devono essere allineati). Spiegò che per far avanzare il tuo cavallo, stringi con i polpacci, e per far fermare o rallentare il tuo cavallo, siedi profondamente in sella e fai pressione con le redini. Si può anche dire "whoa" (questa parte la conoscevo). Per girare il cavallo, si tira il braccio destro o sinistro di lato e si fa pressione con la gamba esterna.

"È tutto quello che ho bisogno di sapere?". Chiesi. Il mio

stomaco era pieno di farfalle, e non di quelle che avevano al Butterfly World.

"Un'altra cosa", disse Kip. "Non dimenticare di respirare, Jamie, o sverrai e cadrai da cavallo!" Mi mise un braccio intorno alle spalle e mi diede una stretta.

Questo mi fece sentire molto meglio. E non potei fare a meno di notare che Kip aveva un profumo meraviglioso, come lo ricordavo.

"C'è una citazione di Thornton Wilder che mi piace", disse Kip. "*Quando sei al sicuro a casa vorresti avere un'avventura; quando hai un'avventura vorresti essere al sicuro a casa.*"

Risi. "La adoro! È esattamente come mi sento io".

Mi esercitai a salire e scendere dal cavallo e feci pratica su come andare, fermarsi, rallentare e sterzare. Poi aspettai con Star mentre Kip andava nella stalla a prendere il suo cavallo, un sorprendente puledro marrone-rossiccio di nome Webster. Webster sembrava un po' più aggressivo di Star, come se non vedesse l'ora di mettersi in pista. In altre parole, il cavallo perfetto per Kip.

Ci volle un'ora per completare il sentiero che si snodava attraverso una zona ombreggiata e boscosa. Eravamo circondati su entrambi i lati da querce vive, mogani e alberi di gumbo limbo, con la loro corteccia rossa e scrostata. Non c'è da stupirsi che fossero chiamati 'alberi da turismo'. Alcuni degli alberi erano sepolti sotto viti tortuose di fichi strangolatori che li stavano letteralmente soffocando a morte. Sembravano surreali, come una strana opera d'arte moderna.

La mia pianta preferita di gran lunga era il caffè selvatico, che sembrava essere ovunque. Anche se non avevamo visto le loro caratteristiche bacche rosse e le foglie lucide nel sottobosco, non potevamo ignorare il delizioso aroma di caffè che ci seguiva lungo il sentiero. Kip mi disse che il nome latino del caffè selvatico è *Psychotria nervosa,* e che agli uccelli e alla fauna selvatica piace mangiare le bacche. Questo mi fece ridere. Dissi che mi sarebbe piaciuto vedere della fauna selvatica sotto l'effetto della caffeina.

Si mise a ridere. "Se pensi che sia divertente, devi andare al Butterfly World e vedere le farfalle ubriache".

"Kip, te lo stai inventando!"

"Non mentirei mai sulle farfalle ubriache! Quelle pazze lasciano il loro frutto finché non fermenta, e poi lo mangiano e volano in giro ubriache. È esilarante! Per fortuna non ci sono predatori nel Giardino delle Farfalle, altrimenti sarebbero spacciate."

Vi starete chiedendo perché non ho ancora parlato dell'equitazione vera e propria. Questo perché è stato rilassante e facile, e per niente spaventoso. Non avrei potuto chiedere un cavallo migliore di Star. O una guida migliore di Kip. Mentre passeggiavamo, ci aggiornammo a vicenda sulle persone che conoscevamo, sui nostri lavori e sulle nostre famiglie. Kip rimase molto turbato dalla morte di mia madre; loro due andavano così d'accordo. Fortunatamente, i genitori di Kip erano vivi e vegeti e vivevano a Sacramento, dove possedevano una società di attrezzature mediche. Suo fratello maggiore, Chuck, era a New York, a dirigere una compagnia teatrale off-Broadway. Non dissi a Kip della ricerca di mio padre; mi sembrava troppo per un primo appuntamento.

Stavamo arrivando alla fine del sentiero quando Kip mi diede un'occhiata che non diceva niente di buono. Urlò, "Tieniti forte, Jamie!" e poi diede una pacca sul sedere a Star. Lei iniziò a prendere il ritmo e prima di sapere cosa fosse successo, stavamo entrambi volando lungo il sentiero. È stato terrificante! Ma anche eccitante e divertente. I cavalli si fermarono da soli alla fine del sentiero. A quel punto, ero senza fiato e non pensavo che il mio didietro si sarebbe mai ripreso da quella sella livida.

"Ti ucciderò, Kip!" Risi, "Se mai capirò come scendere da questo cavallo".

Rideva tanto. "Questo non mi incentiva molto ad aiutarti, vero?"

Dopo avermi aiutato a scendere, mi prese tra le braccia e mi diede un bacio. Gliene diedi uno anch'io.

"Questo controllare i parchi con te è divertente", disse, mentre mi accarezzava i capelli.

"Mi fa piacere che tu ci abbia pensato", accettai, con un sorriso. Sì, ero *molto* contenta.

"Che ne pensi di andare al Parco delle Acque Tranquille con me sabato prossimo?"

Acque Tranquille suonava abbastanza tranquillo, così ho detto che mi sarebbe piaciuto. Poi mi fece di nuovo quello sguardo e capii che ero nei guai.

"Eccellente! Possiamo provare lo ski rixen".

"Non sono sicuro che mi piaccia come suona. Cos'è uno ski rixen?"

"È dove si sta in piedi su degli sci d'acqua e un cavo ti tira intorno a un percorso di oltre un chilometro. Ci sono salti e scivoli che si possono fare lungo il percorso. È uno sballo! Fidati di me, Jamie... ti piacerà!".

Immagino che dovrei fidarmi.

CAPITOLO 30

Ero al settimo cielo dopo il mio appuntamento con Kip, tanto che non mi dispiaceva affatto che non riuscivo a dormire. Non dormire fa parte di quello che sono, purtroppo, ma quella notte mi diede la possibilità di rivivere il nostro tempo insieme, analizzando ogni parola e gesto. Non riuscivo a smettere di sorridere. Era incredibile che mi fossi imbattuta in lui l'unico giorno in cui avevo deciso di fare esercizio, e ancora più incredibile che mi avesse chiesto di uscire. Oprah raccomanda di tenere un diario della gratitudine e ho sempre avuto intenzione di iniziarne uno. Ora, so esattamente cosa ci scriverei.

La mia insonnia mi diede anche il tempo di pensare a mio padre. Ero così vicina a raggiungerlo, ma non riuscivo a contattare sua moglie. Doveva averne già passate tante, con lui in Nicaragua e lei qui, a lottare per un visto per portarlo negli Stati Uniti. L'ultima cosa di cui aveva bisogno era una donna che sosteneva di essere la sua figlia perduta da tempo per aggiungere altri problemi. Avrei dovuto trovarlo da sola, be', con l'aiuto di Grace, ma non attraverso sua moglie. Non mi sembrava giusto.

Per fortuna era domenica, quindi potevo dormire fino a tardi. Organizzai un brunch tranquillo, seguito da un'intensa pulizia della casa. Per essere una casa piccola, di sicuro aveva accumulato un sacco di sporcizia, per non parlare dei peli di gatto. Mi trascinai fuori dal letto verso mezzogiorno e feci il caffè. Stavo per strapazzare delle uova e preparare dei cereali al formaggio quando Grace chiamò.

"Dimmi tutto", pretese.

"Niente 'Buongiorno'? Dove sono le buone maniere?"

"Sono a dire: 'È pomeriggio, principessa, è ora di alzarsi'".

"Ehi, sono in piedi già da dieci minuti buoni".

"Come vuoi. Com'è andato il tuo appuntamento? Non hai passato la notte al pronto soccorso, immagino. L'hai passata in qualche posto più interessante? Racconta."

"No, Grace", dissi, mentre mettevo a bollire l'acqua per la colazione. "Ero a casa ieri sera, anche se ho avuto compagnia a letto. Sfortunatamente, era solo il gatto".

"Be', ti sei divertita? Avete un altro appuntamento? Dai, Jamie, mi stai uccidendo!"

Risi. "Sì e sì. Sono stata benissimo e usciremo di nuovo sabato prossimo. Kip è davvero fantastico". Esitai.

"Sento un 'ma' in arrivo", disse Grace.

"Be', è solo che... come posso dirlo? Lui è così interessante e io sono così noiosa! Kip è come 'Mr. Adventure', sempre alla ricerca di una montagna da scalare, mentre io sono felice di passare la giornata da Barnes and Noble. Lo capirà molto presto."

Grace cominciò a ridere così forte che dovette mettere giù il telefono. "Jamie, tesoro, se non l'ha capito ieri, non lo capirà mai".

"Capire che sono noiosa?" Mi sentivo un po' insultata, anche se l'avevo detto io per prima.

"No, che sei l'opposto di avventurosa".

"Credo che tu abbia ragione", dissi. "Non posso nascondere la vera me. Ma sabato prossimo andremo in *un altro* parco, questa volta per fare sci d'acqua!".

Grace ridacchiò. "Avrò decisamente bisogno di una foto. Forse per il prossimo appuntamento puoi portarlo da Barnes and Noble".

"Molto divertente. Pensi che io possa imparare a fare sci d'acqua guardando YouTube? Se no, sono nei guai. Seriamente".

"Tu starai bene, sono io che sono nei guai. Ho quel grande processo domani. Penso di essere pronta, ma chi lo sa?".

"Usa la tua 'voce della ragione' e il giudice dovrà decidere a tuo favore". Finii di strapazzare le uova e poi ho misi il formaggio sulla polenta.

"È un processo con una *giuria* e il mio cliente è così odioso che tutti lo odiano. Inclusa me. Vorrei non doverlo proprio rappresentare".

"Be', ecco cosa farei io. Interrogalo subito e falla finita. Poi, finisci con il tuo testimone più affascinante e la giuria si dimenticherà di lui. La prima impressione non conta quanto l'ultima".

"Mi piace!" Disse Grace. "Ora devo solo trovare un testimone affascinante".

Prima di riattaccare le augurai buona fortuna. Disse che se non avessi avuto sue notizie dopo il processo, significava che aveva perso e che stava ripensando alle sue scelte di carriera. Tipo, forse si sarebbe trasferita in Alaska e si sarebbe allenata per l'Iditarod, la corsa dei cani da slitta.

Mangiai il brunch nel patio, godendomi il caldo di metà giornata e la leggera brezza che accennava all'autunno. I cambiamenti del tempo sono sottili nel sud della Florida, ma noi li percepiamo; a differenza dei turisti, che pensano che qui sia estate tutto l'anno. Un altro vantaggio di sedere fuori era che potevo ignorare la mia casa sporca, o fingere che fosse quella di qualcun altro.

Il mio telefono vibrò per un messaggio di testo e cercai di non leggerlo. Vorrei potermi liberare dalla mia dipendenza dal telefono, ma non posso - sono totalmente dipendente. Se ci fosse un programma di dodici passi disponibile, proverei a farlo, ma, onestamente, preferirei rinunciare al cioccolato che al mio telefono. Aspettai una ventina di secondi prima di cedere e leggere il messaggio. Era di Duke.

-Sei ancora all'appuntamento, cara? Cavoli, wow!

-Se fossi ad un appuntamento, pensi davvero che ti manderei un messaggio?

-Certo, magari avevi bisogno del mio consiglio da esperto.

-Non succederà mai.

-Ok, ma l'offerta non scade. Ehi, sai dov'è Charlie Santoro? Non riesco a trovarlo.

-Non ne ho idea. A casa di Becca?

-No, è ancora nel reparto psichiatrico. E Charlie non risponde al telefono.

-Vorrei poterti aiutare, Duke.

-Anch'io. Ho la sensazione che sappia più di quello che dice.

-Potresti avere ragione.

-Non ho sempre ragione?

-Sei una leggenda, nella tua mente. Ora devo andare.

-Adios, signora Esquire.

Duke aveva ragione: se qualcuno sapeva come quel flacone di aspirine fosse finito a casa di Joe, probabilmente era Charlie. Dato che aveva vissuto da Becca negli ultimi mesi, mi chiedevo dove fosse andato, ma non era più un mio problema. Il mio problema *era* una casa che aveva un disperato bisogno di essere pulita.

Stavo per tirare fuori il mocio e l'aspirapolvere quando la mia vicina Sandy venne da me e mi invitò ad andare al Farmer's Market di Yellow Green. Il pensiero di prodotti freschi, bevande esotiche, lo stand del formaggio Amish (con campioni gratuiti!) e musica dal vivo era troppo per resistere. Chiusi la porta della mia casa sporca e fu lontana dagli occhi e dal cuore per il resto della giornata.

CAPITOLO 31

LUNEDÌ MATTINA TORNAI AL LAVORO, MA NON PROPRIO A lavorare. Iniziai lentamente - navigando sul web, leggendo le notizie, controllando Facebook - in pratica, qualsiasi cosa potessi fare per evitare il lavoro. Sono una maestra del procrastinare, ma, come ogni abilità acquisita, mi ci sono voluti anni di pratica.

Mi stavo godendo la mia solitudine mattutina quando Lisa irruppe nel mio ufficio, chiaramente sconvolta.

"Jamie, c'è un barbone pazzo nell'atrio e non vuole andarsene! Ha detto che deve parlare con te. Cosa devo fare? Chiamare la polizia?"

"Va bene, Lisa, vado a vedere cosa vuole. Perché non aspetti qui?"

Ero un po' nervosa, lo ammetto. Essere un avvocato divorzista non è il lavoro più sicuro del mondo, specialmente considerando che due dei miei colleghi erano stati uccisi da clienti arrabbiati negli ultimi anni. C'è una ragione per cui i metal detector erano stati installati in ogni tribunale, era necessario.

Sbirciai nell'atrio e vidi un ragazzo spettinato che camminava avanti e indietro, come se non riuscisse a stare fermo. Non lo riconobbi finché non si girò verso di me.

"Charlie? Oh mio dio, cosa ti è successo?"

Smise di camminare, ma aveva ancora uno sguardo selvaggio negli occhi.

"Ho bisogno di parlare con te. Per favore, posso parlarti?"

"Certo, Charlie, ma che ne dici se prima ti porto una bottiglia d'acqua e uno spuntino? Magari un caffè?"

Scosse la testa.

"Allora perché non ci sediamo qui e mi dici cosa ti passa per la testa. Nessuno ci disturberà".

Ci sedemmo in due poltrone adiacenti e io aspettai, ma Charlie non disse una parola. Fissava solo le sue scarpe. Non sapevo quali argomenti fossero sicuri, o cosa potesse volere da me, così non dissi nulla. Gli avrei dato dei soldi per il cibo, o l'avrei indirizzato da qualcuno che poteva aiutarlo a livello psicologico, se era quello che voleva. Sembrava proprio quello di cui aveva bisogno.

"Allora... che succede, Charlie?" Chiesi, dopo che erano passati diversi minuti.

Una volta iniziato a parlare, le parole gli volarono fuori dalla bocca. "L'ho amata tanto", disse, fissando gli occhi sul mio viso. "Ho fatto di tutto per lei, ma non le importava. Non importava cosa facessi, non era abbastanza, non ero mai abbastanza bravo. Mi ha usato, come ha usato tutti!".

Non ero sicura se intendesse Becca o sua madre.

"Ha usato anche te, Jamie", disse Charlie in modo chiaro.

Ok, stava parlando di Becca.

"Cos'è successo?" Chiesi.

Improvvisamente, Charlie cominciò a singhiozzare in un modo incontrollabile, che lo faceva sembrare un bambino. Ora ero in un territorio familiare; se c'è una cosa in cui sono brava, è confortare le persone che piangono. Gli diedi una leggera pacca sulla schiena.

"Va tutto bene, Charlie", dissi con voce rassicurante. "Andrà tutto bene".

Vidi Lisa sbirciare da dietro l'angolo e le feci cenno di portare una bottiglia d'acqua, cosa che fece rapidamente.

Charlie bevve un sorso d'acqua e poi, con voce stentata, continuò: "Era sabato, prima del funerale, e Becca stava piangendo. Mi disse che non aveva mai smesso di amare Joe e che non sarei mai stato bravo come lui. Poi cominciò a gridarmi di andarmene perché non poteva sopportare di guardarmi!" Le lacrime scorrevano incontrollate sul viso di Charlie.

Annuii con compassione. "Dev'essere stata dura. Dove hai dormito da sabato, Charlie?". Chiesi.

"Nella mia macchina". A quel punto iniziò a dondolarsi avanti e indietro e pensai che potesse svenire, ma non lo fece. Poi, con una voce così bassa che avrebbe potuto parlare anche da solo, disse: "Volevo solo renderla felice. Ci ho provato così tanto... e non l'ho mai detto a nessuno..."

Ah! Ci siamo. "Detto a nessuno cosa, Charlie?"

"Delle sue pillole. Prendeva così tante pillole! Quando le buttavo via, andava a comprarne altre. Diceva che avrebbe smesso, ma era una bugia."

"Sai se ha mai nascosto i suoi sonniferi in un flacone di aspirina?"

Charlie annuì.

"Joe li ha portati con sé?"

Quando Charlie annuì di nuovo, sembrava che si stesse trattenendo a malapena.

"È stato un incidente?" Chiesi.

Nessuna risposta.

"Charlie?" Ora ero sicura che Becca avesse dato quelle

pillole a Joe. Tutto quel senso di colpa e quel rimorso l'avevano divorata fino a farle avere un grosso crollo al funerale.

Charlie fece un respiro profondo. Quando parlò, era appena più di un sussurro.

"Non doveva ucciderlo", disse Charlie, "Solo incasinarlo un po', così Becca poteva ottenere la custodia delle ragazze. Non avrebbe dovuto minacciarla in quel modo! Ho provato a parlargli, ma non la smetteva, continuava a parlare. È stata colpa sua, se l'è fatto da solo".

"Ed è per questo che Becca l'ha fatto?" Chiesi.

Charlie mi guardò con gli occhi spenti.

"No, Jamie. Ecco perché l'ho fatto".

CAPITOLO 32

Mɪ sᴇᴅᴇᴛᴛɪ ɪɴ ᴜɴ sɪʟᴇɴᴢɪᴏ sᴛᴜᴘɪᴛᴏ. Aɴᴄʜᴇ sᴇ ᴍᴏʟᴛᴇ persone mi hanno raccontato i loro segreti nel corso degli anni (a volte mentre ero al supermercato a farmi gli affari miei), nessuno aveva mai fatto una confessione del genere. Non so perché Charlie avesse scelto di dirmelo (mi piace pensare che sia perché sono una buona ascoltatrice), ma mi aveva messo in difficoltà.

Cosa avrei dovuto fare con quell'informazione? Chiamare Susan Doyle? Di sicuro non avrei chiamato Nick Dimitropoulos. Considerai brevemente di chiamare il numero verde etico dell'ordine degli avvocati della Florida, ma decisi di non farlo. Cosa avrei detto? Che l'ex-ragazzo della mia ex-cliente mi aveva appena detto di aver accidentalmente ucciso un ex-amico che era anche il marito separato della sua ex-ragazza per aiutarla ad ottenere la custodia? Dubito che ci sia una regola che copra questo caso, o anche un'opinione del procuratore generale. Infine, semplicemente chiesi a Charlie.

"Cosa farai adesso?"

"Mi costituirò", disse solennemente senza esitazione.

"Perché?" Chiesi, "Voglio dire..."

"So cosa ho fatto e devo ammetterlo. E non voglio che Becca si prenda la colpa".

"Dopo tutto quello che ti ha fatto?" Ero incredula.

"Sì", disse Charlie, e si alzò per andarsene. Ci stringemmo la mano e mi ringraziò per averlo incontrato. Sembrava così perso, era davvero straziante. Mentre stava per uscire dalla porta, si voltò e disse: "So che non ha senso, ma la amo ancora". E poi se ne andò.

Tutti abbiamo la nostra parte di decisioni sbagliate. La maggior parte delle volte va tutto bene e non succede niente di male. Poi c'è Charlie, figlio di una madre alcolizzata, destinato a finire con una donna incasinata come sua madre, che prende una decisione davvero pessima. Dà a Joe dei sonniferi che sembrano aspirine. Se Joe non avesse bevuto, le pillole non l'avrebbero ucciso, ma era così, e l'hanno fatto, e ora Charlie deve conviverci.

Quando dissi a Duke di Charlie, fu comprensivo. Dato che anche Duke non può resistere ad aiutare una damigella in pericolo, poteva identificarsi. La differenza è che Duke non ucciderebbe nessuno. Almeno, non credo che lo farebbe. No, certo che no.

Susan Doyle prese la notizia di buon grado, naturalmente. Quando le chiesi di Becca, Susan disse che era stata messa in un programma di disintossicazione di 30 giorni. Mi disse anche che la valutazione psicologica aveva indicato che Becca aveva un possibile disturbo di personalità multipla, cosa che pensai spiegasse molto. Disse che una difesa per infermità mentale sarebbe stata una passeggiata. Per quanto riguarda Charlie, pensava che sarebbe stato accusato di omicidio colposo. Disse anche che sarebbe potuta andare molto peggio.

Dopo aver riattaccato con Susan, Lisa fece capolino nel mio ufficio per farmi una domanda. Mi disse che era così impressionata da come avevo gestito Charlie che stava considerando di passare alla consulenza sulla salute mentale quando sarebbe tornata a scuola. Voleva la mia opinione.

"Pensi che ti renderà felice?". Le chiesi.

Lei annuì e sorrise.

"Allora dovresti assolutamente farlo!". Risposi, sperando che non avesse più voglia di piangere.

Avevo un'ultima telefonata da fare. In realtà, non dovevo, ma volevo farla.

"Sono Nick Dimitropoulos".

"Odio dire che te l'avevo detto..."

"Questa è una bugia, Quinn. Ti piace dirlo. Altrimenti perché mi chiameresti?"

Risi. "Mi piace dirlo, specialmente a te. Hai di nuovo preso la persona sbagliata, Nick! Come ci si sente? Forse dovresti comprare una Palla Magica, così puoi chiederle un consiglio".

"Forse dovresti chiederti come fai a trovarti sempre in mezzo a casi di omicidio", mi rispose.

"Me lo chiedo. E onestamente non lo so".

"Smettila di preoccuparti così tanto. Questo potrebbe funzionare", ridacchiò.

"Vedrò cosa posso fare", risposi. "Nel frattempo, se hai bisogno di lezioni di empatia, sai dove trovarmi".

"Sì, succederà, Quinn. Ci vediamo tra un altro anno".

"Spero proprio di no, ma non prenderla sul personale".

"Non lo faccio mai", disse lui.

CAPITOLO 33

NON VOGLIO CHE PENSIATE NEANCHE PER UN SECONDO che con tutto il resto che stava succedendo, avevo smesso di ossessionarmi con le mie cose. Au contraire! Le squadre di dibattito che gareggiavano nella mia testa erano instancabili, non si prendevano mai una pausa. *Dovrei contattare la moglie di mio padre? E se avessi rovinato la mia unica possibilità di incontrarlo? Dovrei preoccuparmi del mio imminente appuntamento con Kip? E se avesse capito che ero una noiosa casalinga? E cosa c'è dietro la porta numero 2? Una capra o un'auto nuova di zecca?* I miei pensieri amavano discutere, ma non avevano mai risposte per me.

Per quanto riguardava il contattare la moglie di mio padre, Ana Maria Suarez, continuai a tentennare, facendo liste di pro e contro, finché alla fine seguii il mio istinto. Non potevo immaginarmi di contattarla, così decisi di aspettare che Grace mi desse il suo indirizzo in Nicaragua. Poi gli avrei scritto.

Per quanto riguarda Kip, il problema si risolse da solo. Il venerdì sera, Kip chiamò per dirmi che le previsioni per il sabato erano temporali, quindi non potevamo andare a sciare sull'acqua. Ero distrutta perché pensavo che stesse cancellando il nostro appuntamento, o almeno rimandandolo, ma non era così.

"Allora, Jamie", disse, "che ne diresti invece di andare a Coral Cliffs? Almeno non ci bagneremmo".

Sapevo esattamente cos'era: era una palestra di roccia indoor! Non c'era modo su questo pianeta di farmi scalare una parete (non che avrei potuto comunque) perché ero terrorizzata dall'altezza. Era ora di far conoscere a Kip la vera me.

"Kip, voglio davvero passare del tempo con te e non importa dove andiamo, ma devo essere onesta: non mi piacciono le altezze. Niente da fare, niente da fare. Non posso fare di più che stare in piedi sul bancone della mia cucina per raggiungere lo scaffale più alto. Ma sarei felice di guardarti mentre ti arrampichi".

Iniziò a ridere ed era il suono più bello del mondo.

"Ora mi ricordo! Quando facevamo le gare di tuffi a Castaway Island, tu eri sempre il giudice. Mi dispiace, Jamie, è stato piuttosto sconsiderato da parte mia. Voglio uscire con te, non terrorizzarti! Cosa ti piacerebbe fare?"

Risi anch'io. "Voglio essere onesta sui miei difetti caratteriali, devo dirti che, in generale, sono un po' una fifona. Inoltre, non sono molto atletica. E inciampo spesso, ma solo perché non sto attenta. Ora, vuoi ancora uscire con me?".

"Più che mai!" Disse Kip. "Come posso resistere a una ragazza con così tante belle qualità?".

Non riuscivo a smettere di sorridere. "Sto solo azzardando, ma che ne diresti di vedere un film? Può essere un film d'azione, adoro vedere *altre* persone essere temerarie".

"Solo se possiamo andare a cena e parlare prima. Chi lo sa? Forse rivelerai qualche altro oscuro segreto".

"Affare fatto. Sarà meglio che mi venga in mente qualcosa

prima di allora", dissi. "O forse potresti rivelare qualcuno dei tuoi. Questo sì che sarebbe interessante".

"Solo se me li sono inventati", disse Kip. "Passo a prenderti alle sei?"

"Perfetto! Non vedo l'ora. Oh, e sono vegetariana, anzi, pescetariana, ho dimenticato di dirlo".

"Ok, niente bistecche brasiliane allora. Capito."

"Ma va bene se vuoi mangiare carne davanti a me, non mi dispiace".

"Quindi, finché non ti faccio scalare un muro o mangiare carne, siamo a posto?", disse ridendo.

"Sì, siamo a posto", confermai.

"Sei molto simpatica", disse con una voce bassa che mi fece venire la pelle d'oca. "A domani, Jamie".

"Buona notte, Kip".

Questo era ciò che si provava quando si era felici. L'avevo quasi dimenticato.

CAPITOLO 34

ANCHE SE NON VEDEVO L'ORA DI FARE VOLONTARIATO AL
Banco Alimentare la mattina dopo, ero sollevata dal fatto che
non fosse prima delle dieci, così potevo stare a letto un po' di
più. Per qualche ragione, l'unico sonno riposante che abbia mai
avuto era la mattina presto. Ve l'avevo detto che ero strana.

Sentii Grace suonare il clacson, ma lo ignorai, incorporando
invece il suono nel mio sogno. Fu solo quando lei bussò alla
porta d'ingresso che finalmente mi svegliai. Dannazione! Le
mie bizzarre abitudini di sonno erano così irritanti. Mi misi una
vestaglia, la feci entrare senza dire una parola e andai subito in
bagno dove mi lavai i denti, la faccia e domai la mia chioma da
letto come meglio potevo.

"Scusa", dissi borbottando, mentre mi buttavo addosso dei
vestiti. "Non ho dormito".

"Sembrava proprio che tu stessi dormendo quando ho
suonato il clacson". Mi fece una smorfia, poi andò in cucina e
mi versò un bicchiere di succo. Dopo aver rovistato negli
armadietti e non aver trovato nulla, prese una banana dal
bancone e disse: "Mi stai rallentando, donna, andiamo."

Mi svegliai durante il viaggio verso il Broward Outreach Center. Mentre guidavamo, Grace mi spiegò che si trattava di un rifugio per senzatetto per donne e bambini, che aveva anche un banco alimentare. Erano sempre alla ricerca di volontari per smistare e organizzare il banco alimentare, ma avevano anche bisogno di volontari al rifugio, comprese le persone che aiutassero i bambini a fare i compiti. Decidemmo di farlo un altro giorno, anche se le mie capacità matematiche erano piuttosto arrugginite. Se aveste visto il mio libretto degli assegni, avreste capito.

Grace mi chiese se avevo preso una decisione su Ana Maria Suarez, la moglie di mio padre, e io dissi che avevo deciso di non chiamarla. Grace non discusse, semplicemente lasciò perdere. Questo era insolito per lei, ma immaginai che ne avrebbe parlato di nuovo più tardi.

Prima di andare a lavorare al banco alimentare, Grace ed io facemmo un giro della struttura e la trovammo piuttosto degna di nota. Era di 1672 metri quadrati con 120 letti, comprese le camere da letto per le famiglie in modo che le madri non fossero separate dai loro figli. Offrivano anche lezioni di abilità utili, laboratori educativi, consulenza, trattamento della droga, servizi di carriera e accesso alle strutture mediche per queste famiglie senza tetto.

Sono sicura che ci sono molte persone che vorrebbero aiutare i meno fortunati in modo pratico, ma semplicemente non sanno come fare. Quello che voglio dire è che raramente entriamo in contatto con persone che hanno bisogno di aiuto, a meno che non siano i nostri vicini, colleghi di lavoro, amici o familiari. Fare volontariato in un rifugio per senzatetto o in un banco alimentare sembrava un modo eccellente per dare una mano, e io e Grace giurammo di farlo più spesso.

Mentre organizzavamo la dispensa in scatolame, riso, pasta, cereali e burro di arachidi, Grace continuava a controllare l'orologio e a lanciarmi sguardi di traverso. La ignorai semplicemente. Pensai che mi avrebbe detto cosa stava succedendo quando sarebbe stata pronta. Alle undici e mezza saltò su e lasciò la stanza senza una spiegazione. Dove diavolo era andata? Pausa bagno? L'unica cosa che so è che tornò di corsa nella stanza con una donna bionda più anziana e gentile al seguito e chiacchieravano animatamente. Grace mi indicò e disse: "Quella è Jamie!

La donna raggiunse le mie mani e mi prese in un abbraccio stretto. Mi tenne come se fossi un salvagente e stesse per abbandonare la nave. Non avevo idea di cosa stesse succedendo. Cominciò a piangere e a mormorare "mi cariño, mi corazón" e poi si tirò indietro per esaminare il mio viso.

"Dios mio! Guardati, sei identica!". E si mise a piangere.

"Mi scusi, non voglio essere scortese, ma chi è lei? Identica a chi, esattamente?".

"A tuo padre, dolce ragazza! Sei proprio uguale a lui!"

In uno stato di stordimento, guardai Grace che stava sorridendo così tanto che la sua faccia stava sicuramente per paralizzarsi così.

"E... lei è?" Balbettai.

"Ti presento Ana Maria Suarez, la direttrice del rifugio. Grace mi fece l'occhiolino". Era la sua migliore trovata di sempre.

Mi voltai verso Ana Maria con le lacrime agli occhi. Guardai il suo viso e vidi solo un amore incondizionato, per me, una perfetta sconosciuta. Le diedi un abbraccio forte. Non si hanno mai troppe persone da amare in questo mondo. O persone che ti amino.

Grace tirò su col naso e si asciugò gli occhi. "Jamie, tu e Ana Maria potete venire con me, per favore?"

A questo punto, facevo solo quello che mi veniva detto; dubito che avrei potuto dire qualcosa di coerente comunque.

Entrammo in un'altra stanza e in qualche modo c'erano mia zia Peg, mio cugino Adam e Duke, e stavano tutti applaudendo ed esultando. Grace mi fece girare e c'era un monitor gigante sul muro. E su quel monitor un uomo salutava e sorrideva. *Era mio padre*. Penso che il mio cuore stesse per esplodere. Sembrava molto più vecchio della foto che mi aveva dato Duke, ma era sicuramente lui.

"Ciao, Jamie", disse, col magone. "Sono così felice di vederti che non ho parole per esprimerlo".

"Anch'io", dissi. Avevo aspettato tutta la vita di trovare mio padre e tutto quello che riuscivo a dire era "anch'io".

"Non posso credere che sia proprio tu", riuscii a dire prima di scoppiare in lacrime.

Anche lui era emozionato. "Scoprire che ho una figlia è come un dono di Dio, Jamie. Abbiamo così tanto di cui parlare."

"Sì, lo so", dissi con un groppo in gola. "Da dove dovremmo cominciare?"

Caro lettore,

Speriamo che leggere *Il Caso Del Divorzio Assassino* ti sia piaciuto. Per favore, prenditi un attimo per lasciare una recensione, anche breve. La tua opinione è molto importante.

Saluti

Barbara Vankataraman e il team Next Chapter

SULL'AUTORE

La pluripremiata autrice Barbara Venkataraman è un avvocato del sud della Florida, dove trae ispirazione per i suoi libri dai titoli quotidiani. Ama connettersi con i lettori attraverso i suoi libri e prova un particolare tipo di gioia in una frase ben scritta. Oltre a scrivere narrativa, è co-autrice di *Accidental Activist: Justice for the Groveland Four* con suo figlio Josh Venkataraman sulla sua ricerca quadriennale di successo per ottenere la grazia postuma per i Groveland Four.

Il Caso Del Divorzio Assassino
ISBN: 978-4-82414-889-6

Pubblicato da
Next Chapter
2-5-6 SANNO
SANNO BRIDGE
143-0023 Ota-Ku, Tokyo
+818035793528

29 agosto 2022